Zum Sterben bin ich wieder zu Hause.

Gruß Andre

Bibliografische Information der Deutschen Nationalbibliothek

Die Deutsche Nationalbibliothek verzeichnet diese Publikation in der Deutschen Nationalbibliografie; detaillierte bibliografische Daten sind im Internet über http://dnb.d-nb.de abrufbar.

Impressum

© 2014 BvN by Andreas Frey

Herstellung und Verlag
BoD - Books on Demand, Norderstedt

ISBN-13: 9-783734-703188

Vorwort

Ein altes Sprichwort besagt: „Wenn einer eine Reise tut,…" dann erlebt man nicht nur etwas, sondern man trifft auch auf viele neue Leute.

Während einer dreistündigen Zugfahrt habe ich mir Arbeit mitgenommen. Und so saß ich also an dem kleinen Tisch in Wagen 270 des ICE am Lektorat für eine Geschichte. Irgendwann kam ich mit dem Mann ins Gespräch, der mir gegenüber Platz genommen hatte. Als er erfuhr, dass ich Autor bin, erzählte er mir eine Geschichte. Seine Geschichte. Die Geschichte von Andre und Jens.

BvN

by

Andreas Frey

Feiern bis der Arzt kommt

Mit einem „Klack" schloss sich die Badezimmertür hinter Andre. Plötzlich trat Ruhe ein. Mit einigen Schweißperlen auf der Stirn stützte er sich auf dem Waschbeckenrand ab und schaute in den Spiegel.

„Du siehst Scheiße aus!", sagte er zu seinem Gegenüber. Sein Kopf schien zu glühen, doch eigentlich fror es ihn - er hatte kalte Hände und kalte Füße. Warum musste ihm so etwas ausgerechnet heute passieren. Eine typische Frage, die man sich in einer solchen Situation stellt: Warum ich? Warum heute? Ausgerechnet heute, wo ihm der Sinn nach Feiern stand? Draußen saßen die Gäste und warteten sicherlich schon wieder auf ihn. Aber rausschmeißen konnte er sie auch nicht einfach grundlos. Schließlich feierte er heute nicht nur seinen halbrunden Geburtstag, sondern auch gleichzeitig die Einweihungsfeier für sein kleines Häuschen. Viele seiner Kumpels hatten hier mit Hand angelegt. Hatte ja auch lange gedauert, bis es endlich soweit war.

„Da hilft jetzt nur eines, mein Freund!", sagte er zu seinem Spiegelbild. Dann öffnete er den Spiegelschrank, holte eine Schachtel Tabletten heraus und drückte sich eine der Schmerztabletten aus dem Blister. Schwungvoll schmiss er sich die Tablette ein und spülte sie mit etwas Leitungswasser hinunter. Beim Schlucken schloss er die Augen, als würde er einen Kloß hinunterwürgen müssen.

„Die wird sich schon mit dem Alkohol vertragen. Schließlich gibt es auch Arzneimittel auf Alkoholbasis."

Mit diesen Worten schloss Andre den Spiegelschrank wieder und blickte sich noch einmal in die Augen. Nach einem tiefen Atemzug wandte er sich wieder zur Badezimmertür und verschwand in Richtung Party.

Kaum war Andre zurück im Wohnzimmer kamen auch schon die zig Fragen auf ihn hereingeprasselt, mit denen er sich schon teilweise im Vorfeld beschäftigt hatte, wie zum Beispiel Fragen nach der noch fehlenden Einrichtung (und Kommentare zur bisherigen). Was er jetzt alles mit dem Anbau vorhabe, wo einst die alte Scheune stand. Hier hagelte es förmlich Vorschläge, Meinungen und Anregungen, was man hieraus alles machen konnte. Er stellte recht schnell fest, dass sich die Meinungen der weiblichen Anwesenden doch stark von der der männlichen Partner unterschieden. Die Damen hätten dort eher ein Relaxzimmer, einen kleinen begehbaren Kleiderschrank und ein Gästezimmer eingerichtet und gleich noch ein Gäste-WC in der oberen Etage. Während die gestandenen Kerle des heutigen Abends eher eine Großbildleinwand mit Soundanlage als Einrichtung vorschlugen. Das Gästezimmer, so stimmten beide Parteien ab, sei eine gute Wahl, dass wenn die künftigen Treffen mit den Kumpels mal etwas feucht-fröhlicher ausfielen. Nach dieser Diskussionsrunde über Einrichtung, Funktionalität der Zimmer, Möbel und was noch alles geredet wurde, zog es Andre erst mal in die Küche, denn schließlich wollte er als Gastgeber ja, dass es sein Gästen an nichts mangelte.

In der Küche hatte er das Essen und die Getränke aufgebaut, denn in neunundneunzig Prozent der Fälle endet eine Party irgendwann in der Küche oder finden dort die meisten und interessantesten Gespräche und Begegnungen statt. Während Andre nach den Salaten schaute, die nächste Platte mit Häppchen aus dem Kühlschrank holte, auf den Tisch stellte und das nächste Baguette aufschnitt, kamen auch schon die nächsten Partygäste in die Küche. Zuerst füllten sie sich ihre Teller mit Salat, Brot, Soßen und was für Leckereien Andre noch alles aufgetischt hatte, ehe sie ihn dann mit den Fragen über seine Zukunftsplanung löcherten. Wie beim Flaschendrehen oder beim Heißen Stuhl, wurden die Fragen ohne viel Drumherum und Geplänkel gestellt, so dass man gleich auf den Punkt kam, schließlich ist Zeit Geld.

„Jetzt, wo Du das Haus hast, MIT einem großen Schlafzimmer und noch so vielen leeren Räumen, wie stellst Du Dir denn da die Familienplanung vor?"

Andre hätte sich denken können – und er hatte es sich auch gedacht – dass diese Frage früher oder später auf den Tisch kommt.

„Ich habe mein Dornröschen leider noch nicht gefunden, um sie aus dem Schlaf wach zu küssen und anschließend mit in meine Burg zu nehmen und zu ehelichen.", gab Andre mit einem Lächeln zurück.

Danach folgten die Tipps der Fachfrauen, was Andre beachten sollte, wenn er wieder auf die Suche nach Dornröschen ging.

Der Abend hätte eigentlich ein toller Abend werden können, doch meist kommt es anders als erhofft. Und so kam es anders: Der große Zeiger der Uhr hatte seinen kleinen Bruder schon einige Male überholt und so war es nicht verwunderlich, dass bereits einige Flaschen leer waren – nicht nur die, der alkoholfreien Getränke. Andre war gerade oben im Schlafzimmer gewesen, um noch die Fenster aufzureisen, damit von dem lauen Lüftchen, das gerade wehte, vielleicht noch die ein oder andere Brise sich ins Schlafzimmer verirrte und die Hitze, die sich den Tag über angestaut hatte, hinauswehte. Gerade an der Badetür vorbei, ging diese auf und einer seiner Gäste blickte ihn überrascht und leicht erschrocken an. Schon an den Augen bemerkte Andre, dass diese glasig und leicht gerötet waren. Wohl einen über den Durst getrunken, ging es Andre durch den Kopf. Mit einem nicht mehr nüchternen Gang folgte Andre´s Gast. Als es dann an den Treppenabstieg ging, kam das ungleiche Paar ins Rollen, denn sein Gast verlor das Gleichgewicht, versuchte nach allem zu greifen, was er zu fassen bekam – in diesem Falle Andre – landete schließlich mit dem Hinterteil auf der Treppe und rutschte einige Stufen hinunter. Andre wiederum versuchte ebenfalls Halt zu bekommen, wobei er sich nach rechts drehte und dabei mit dem Hüftknochen auf die Kante des Fensterbrettes aufprallte und dann aber nach unten gezogen wurde, wo er sich versuchte abzustützen und nicht auf seinen Gast zu treten, was ihn akrobatisch und kunstvoll gegen das Geländer fallen lies, wo er mit der linken Seite aufschlug. Rippenbruch, ging es Andre durch den Kopf, als die Bewegung abrupt stoppte. Ein wirres Gefasel kam von der Treppe herauf. Zum Glück war ich nicht über das Geländer geflogen, sonst hätte ich mir gleich das Genick und vermutlich sämtliche Rippen gebrochen. Aber das würde mich dann wohl nicht mehr bekümmern, scherzte Andre im Stillen mit sich selbst.

„Verdammte Scheiße!", schoss es stattdessen aus ihm heraus und in Null Komma Nichts standen am Fuß der Treppe auch schon ein Grüppchen der Gäste und blickte nach oben. Einige von ihnen kamen Andre entgegen und erblickten erst jetzt den Körper, der auf den Holzstufen lag und sich langsam und fluchend versuchte aufzurappeln, was aber nicht gelingen wollte. Plötzlich stellte einer der Helfer fest, dass irgendwo Blut herkommen musste, als er seine Hand erschrocken zurückzog.

„Ich rufe den Notarzt", sagte Stephanie, die unten stand und ihre kleine Tochter auf dem Arm hielt. Mit diesen Worten verschwand sie in Richtung Küche. Es kam zwar ein Protest von dem Mann auf der Treppe, doch diesen bekam Stephanie nicht mehr mit. Andre tat seine linke Seite immer noch weh und er versuchte langsam seine Rippen abzutasten. Schmerzen durchzuckten ihn, als seine Fingerspitzen die Haut berührten. Fix und fertig ließ sich Andre erst einmal auf die oberste Stufe der Treppe nieder und blickte auf das Szenario, das sich ihm ein Stück weiter unten bot. Zwei Mann packten einen dritten und verfrachteten ihn so gut es ging auf die Zwischenebene der Treppe. Wie hatte der Abend auch nur so einen Verlauf nehmen können? Scheiß Sauferei, ging es Andre durch den Kopf, während er so da saß und vor sich hin starrte. Eigentlich hatte noch keiner gefragt, wie es ihm überhaupt ging, bemerkte er.

„Es geht mir gut, danke der Nachfrage!", sagte Andre einfach frei heraus, worauf ein Moment der Stille eintrat und ihn alle anblickten. Dann setzte erneut ein Stimmengewirr ein und Jennifer kam zu ihm herauf und stellte sich so auf die Stufen, dass sie mit ihm auf Augenhöhe war.

„Und wie geht es Dir?", fragte sie.

„Naja", knirschte Andre, „ich denke es könnten ein paar Rippen gebrochen sein. Das tut einfach Scheiße weh, als ich da auf das Geländer gekracht bin!", sagte er und tastete wieder mit den Fingern die Stellen ab, was zu einem erneuten stechenden Schmerz führte, der ihn die Augen zusammenkneifen ließ – was er ja im Vorfeld schon wusste, aber so konnte er wenigstens einen auf Mitleid machen, dachte er sich insgeheim. Andre hatte auch keine Acht darauf und kein Gefühl, wie viel Zeit bereits vergangen war, aber auf einmal kam der Notarzt zur Tür herein. Gefolgt wurde er von den Sanitätern des Rettungswagens. Plötzlich verloren sich die anderen Gäste in alle Himmelsrichtungen und machten Platz für den Gott in weiß und seine Helfer.

Andre blickte auf die unerwarteten Besucher, die sich fürsorglich um den gefallenen Gast kümmerten. Aber was war mit ihm, musste er sich selbst die Frage stellen. Wie er aus den Wortfetzen entnehmen konnte eine Platzwunde. Nähen. Die beiden Sanitäter halfen Klaus auf die Beine und führten ihn die Treppe hinunter. Andre hingegen stand wie angewurzelt da und betrachtete die Szenerie, die sich ihm bot, wie ein Zuschauer, den aber keiner beachtete. Keiner des Rettungsdienstes hatte zu ihm heraufgeblickt und sich nach seinem Befinden erkundigt. War Andre im falschen Film? War alles vielleicht nur ein böser Traum und er würde bald daraus aufwachen, weil der Wecker oder das Handy klingelte oder ihn irgendetwas oder irgendjemand aus dem Traumland ins Hier und Jetzt zurückholte? Aber es geschah nichts. Mit schmerzverzerrtem Gesicht hielt er sich die linke Seite. Plötzlich drangen von unten Wortfetzen an sein Ohr, die ihn erlösend aus seinem Traum rissen.

„...Sturz... Andre ... Treppe ... Geländer ... „

Die Stimmen waren auf einmal durcheinander, doch plötzlich stand einer der Sanitäter auf der Treppe und sein Kopf war auf Augenhöhe mit Andre. Nun endlich bekam er die Aufmerksamkeit, die er sich gerne als Opfer gewünscht hatte. Vorsichtig stand er auf oder besser gesagt, probierte es zumindest. Es kam ihm vor, als habe er einen zuviel getrunken, aber er war noch nüchtern - fast jedenfalls. Der Sanitäter begleitete auch ihn zum Rettungswagen. Er blickte in die offen stehende Tür und sah Klaus auf der Liege liegen, der Notarzt über ihn gebeugt. Als der Gott in weiß von dem Neuankömmling erfuhr, drehte er sich um und erkundigte sich nach seinen Wehwehchen. Andre zog sogar sein Hemd hoch, um die Stelle zu zeigen, was den Arzt aber nicht sonderlich beeindruckte und auch kein weiteres Mitleid entlockte. Um aber nicht ohne etwas getan zu haben, zog er sich an ein paar neue Handschuhe an und tastete die Stelle ab, die Andre ihm zeigte.

„Wird wohl die nächsten Tage blau. Da haben Sie sich sicherlich nur geprellt. Halb so wild. Das wird schon wieder."
Dann drehte sich der Arzt um, holte eine Schachtel Tabletten hervor und eine Salbe.

„Hier bitte. Mit der Salbe einmal heute noch einreiben. Ruhe. Und falls Schmerzen auftreten sollten, dann nehmen Sie noch eine von diesen Tabletten. Am Montag können Sie dann zum Hausarzt. Gebrochen dürfte nichts sein. Den anderen nehmen wir mit zum Nähen und Röntgen."

Andre nahm die beiden Schächtelchen von dem Notarzt entgegen und betrachte sie geistesabwesend. Erst Julia kam auf die Idee, dass vielleicht jemand mit ins Krankenhaus fahren sollte. Und so stellten sich gleich mehrere Fragen:

a) In welches Krankenhaus wird Klaus gebracht?

und

b) Wer ist noch nüchtern genug, dass er hinterherfahren kann?

Nun gut, die Diskussionen und letztendlich die Entscheidung bekam Andre auch nicht mehr mit, zumal er ja sowieso von vorn herein ausschied – verletzt und alkoholisiert. Dann zog man die Familien ab, die mit den Kindern da waren und dann die ebenfalls alkoholisierten Gäste, die nicht mehr fahrtauglich waren und so schrumpfte die Auswahl sehr schnell auf ein Minimum. Schließlich erklärte sich Jutta bereit ins Krankenhaus zu fahren, denn dies liege quasi fast bei ihr auf der Strecke. Und so war die Party auch ruck zuck vorbei. Beziehungsweise löste sich ruck zuck auf, denn nun war Klaus weg, dann Jutta, dann die Familien mit Kindern, die ins Bett mussten und da der Mensch nun mal ein Herdentier ist, so brachen die anderen ebenfalls auf und gingen. Und so war Andre nun allein zuhause. Es herrschte plötzlich eine wohltuende Ruhe im Haus. Andre schritt noch einmal von Zimmer zu Zimmer, um die Kerzen auszupusten, die Lichter auszuschalten und zumindest die Reste in der Küche noch zu versorgen. Eigentlich fühlte er sich ja nicht gerade besonders, aber es würde ihn sicherlich am nächsten Morgen aus den Latschen hauen, wenn er in die Küche kam und das ganze Essen ihn anstarrte und der Duft ihm in die Nase empor stieg. Doch zuerst musste er etwas gegen die Schmerzen unternehmen und so drückte er sich gleich eine Tablette aus dem Blister und spülte sie mit einem Schluck Leitungswasser hinunter. Danach holte er ein paar Plastikschüsseln aus dem Schrank und packte das Essen fast schon lieblos in die Dosen und verschloss sie. Nun stand er auch schon vor der nächsten Herausforderung: wie um Himmels Willen sollte er die ganzen Plastikdosen nun in den Kühlschrank bringen? Erst einmal räumte er alle Alkoholflaschen raus und dann begann er kunstvoll die Plastikschüsseln zu stapeln und zu drücken bis es passte. Tür zu. Licht aus. Dann begab er sich nach oben, wo nach einem kurzen Gang ins Bad der schnelle Weg ins Bett folgte. Und als er schon zufrieden – unter dem Einfluss der Medikamente - im Bett lag, fiel ihm wieder die Salbe ein. Nein, dachte Andre, ich stehe jetzt nicht noch einmal auf und außerdem versau ich mir den ganzen Schlafanzug, wenn ich mich jetzt einschmiere. Und so nahm er lieber noch eine weitere Tablette, knipste erneut das Licht aus und legte sich auf den Rücken, in der Hoffnung die Schmerzen seien hier am erträglichsten. Doch er schlief zu schnell ein, um dies noch hätte herausfinden zu können.

Das will ich nicht hören

Wie sich Andre auch versuchte zu schonen, seine Rippen taten ihm immer noch höllisch weh und die Haut hatte sich mittlerweile in sämtliche Farben des Regenbogens verfärbt. Er konnte sich tagsüber auch nicht mit der Salbe eincremen, denn dann würde er sich die Klamotten versauen. Also blieb ihm nur, sich abends – nach Feierabend – damit einzureiben, wenn er dann oberkörperfrei zu Hause herumrennen konnte, bis die Salbe eingezogen war, um ihre Dienste zu tun. Aber das hatte so keinen Wert. Er konnte nicht auch noch wochenlang – und davon ging er aus – herumdoktern. Und so griff er zu seinem Handy und rief bei seinem Hausarzt an: Termin heute Abend, 19.15 Uhr.

Was für ein Tag! Andre wäre am liebsten während der Arbeit in den Keller zum Schreiben. Heute schienen sich alle gegen ihn verbündet zu haben. Dann lief noch schief was schief laufen konnte und plötzlich schien es an allen Ecken und Enden zu brennen. Was war das heute nur für ein Tag. War er im falschen Film, fragte sich Andre unentwegt. Ständig klingelte das Telefon und die Vertreter von irgendwelchen Firmen laberten ihn zu oder wollten irgendetwas verkaufen oder wollten vorbeikommen, um ein persönliches Gespräch zu suchen, um dort ihre Waren, Dienstleistungen oder was auch immer zu verkaufen. Sie begriffen nicht, dass Andre gerade heute keine Lust hatte, sich mit ihnen am Telefon herumzuschlagen. Am liebsten hätte er sie gefragt, ob sie der deutschen Sprache mächtig seien und die Bedeutung des Wortes „Nein" kannten. Den Hörer einfach aufknallen, das gab es bei ihm nicht, aber was jedes Mal als höfliches Gespräch begann endete immer häufiger mit einem „Nein, es besteht kein Interesse!" oder einem „Nein, sie brauchen nicht vorbei zu kommen!"

Hin und wieder, als Andre das Telefon abnahm waren es die Fahrer der Kurierdienste, die an der Tür des Gebäudes standen und klingelten. „Die geben sich heute aber auch die Türklinke in die Hand.", bemerkte Andre, denn so war es tatsächlich. Der eine ging und keine zehn Minuten später stand schon der nächste auf der Matte. Wenn alles glatt lief, war dies ja auch kein Problem, denn die meisten Fahrer kannten Andre schon und eigentlich musste er nur noch auf dem Handscanner der Fahrer unterschreiben. Punkt. Aber heute waren es aufgrund des Sommerlochs neue Fahrer, die die Routen ihrer Kollegen nur vertretungsweise fuhren. Zig mal hatte er nun schon seinen Namen buchstabiert. Hinzu kamen noch die Sendungen, bei denen die Umkartons beschädigt waren. Einen Vermerk in diesen Handscannern zu machen grenzte schon fast an ein Wunder. Bei den Reklamationen bekam er dann die haarsträubendsten Geschichten zu hören, warum wieso weshalb das nicht funktionierte. Was half: der Gang ins Büro, ein Cutter-Messer zu holen, die Kiste beziehungsweise Kartons zu öffnen und den Inhalt zu begutachten. Wenn Blicke töten könnten, dann hätten ihn die Blicke der Fahrer, die ja immer unter Zeitdruck stehen, nicht nur durchbohrt, sondern auch gleich geteert, gefedert und geviertailt.

Und so waren auch diese acht Stunden vergangen. Auf dem Heimweg lief der Tag wie ein Film vor seinem inneren Auge ab. Über manche Situationen konnte er leicht schmunzeln, aber über die meisten regte er sich noch im Nachhinein auf. Er musste sich angewöhnen für solche Situationen auch mal einen lockeren Spruch los zu lassen, denn schließlich war er der Kunde – und der wiederum ist schließlich König. Punkt. Basta. Aus.

Zum Glück kam nächste Woche auch schon wieder eine seiner Kolleginnen vom Urlaub zurück, so dass er nicht mehr ganz alleine war. Es waren drei harte, wenn nicht gar drei sehr harte Wochen, die nun hinter Andre lagen, in denen er den Laden quasi alleine geschmissen hatte.

Sollte Andre nun nach Hause fahren, etwas essen und dann zum Doktor gehen oder sollte er gleich von der Arbeit hin gehen, sich durch die Zeitungen lesen und hoffen, dass er vielleicht etwas früher dran kam, wenn er schon früher da war? Er entschloss sich aber dann doch für ersteres. Und so lief er dann zu seinem Hausarzt, der im gleichen Ort ansässig war, nachdem er sich die Reste vom Vortag in der neuen Mikrowelle gewärmt hatte. Wenn es so weiterging, dann konnte er noch tagelang an den Resten seiner Einweihungsparty zehren. Seine Gefriertruhe war ja auch schon voll. Irgendwann würde ihm das Essen dann zu den Ohren wieder herauskommen.

Kaum hatte er die Tür der Arztpraxis passiert, da stieg ihm auch schon ein Geruch von Desinfektionsmittel in die Nase. Auf der einen Seite liebte er den Geruch, der ihm das Gefühl von Reinheit gab – gerade beim Arzt – und auf der anderen Seite hätte er am liebsten gleich gekotzt. Diese radikalen Putzmittel lösten in ihm immer ein Deja-vu aus, seit er vor einigen Jahren bei der Arbeit sich in der Mittagspause eine Tütensuppe gemacht hatte und ihm der Esslöffel schwarz anlief, als er umrührte. Die Suppe hat auch etwas sauer geschmeckt – aber meine Güte, schließlich war es eine asiatische Suppe süß-sauer. Doch dann kam seine Kollegin entsetzt dazu und fragte ihn, ob der sich das Wasser aus dem Wasserkocher genommen hatte. Natürlich, gab Andre ihr zurück, woher hätte er sich denn sonst kochendes Wasser zaubern sollen. Der nächste Kommentar seiner Kollegen brachte ihm dann schon den nächsten Würgereiz ein: es war Entkalker im Wasserkocher. Zu zweit sind sie damals dann in die kleine Teeküche gestürmt. Als sie dann vor dem Objekt der Begierde – dem Wasserkocher – standen, stellte seine Kollegin fest, dass die leere Packung, die neben dem Elektrogerät gestanden hatte, nun im Abfalleimer lag. Als sie das Päckchen herausfischte, bemerkte Andre sofort das große X auf der Packung. Hier wurde im dann schon mulmig zumute. Und dann stellte sich die Frage: Was tun? Und so schnappte Andre das Päckchen, eine Flasche Mineralwasser und seinen Autoschlüssel und ist zum nahe gelegenen Krankenhaus gefahren, wo er seinen Fall dann in der Notaufnahme geschildert hat. Nach einen Anruf bei der Giftzentrale in Freiburg kam dann eine Teilentwarnung für ihn: Da das Wasser gekocht und er nun mittlerweile auch schon einen Liter Wasser in sich hineingepumpt hatte sollte das Schlimmste abgewendet sein, so dass das Auspumpen des Magens nicht notwendig sein würde, denn das Entkalkermittel verliere nach Erhitzen die Wirkstoffe. Fortan hatte Andre eine Phobie gegen solche Mittelchen. Das schrie bei ihm förmlich nach schlechtem trashigem Stoff eines Dramas, bei der man die reiche Tante oder den reichen Onkel mit ein bisschen Reinigungsmittel ins Jenseits beförderte. Doch zurück in der Praxis stand er nun am Tresen und reichte der Arzthelferin erst einmal seine Versichertenkarte der Krankenkasse. Wie er schon fast vermutet hatte, bat sie ihn im Wartezimmer Platz zu nehmen, anstelle gleich in eines der Behandlungszimmer durchgeschleust zu werden. Statt der großen Auswahl an Zeitungen fand er nur zwei Arten von Magazinen beziehungsweise Zeitschriften vor: Sport sowie Familie und Gesundheit. Klasse dachte Andre vor sich hin: Sport interessiert mich nicht und für Tipps zu Familie sollte man vielleicht eine Familie haben oder diese sich zumindest schon in der Planung befinden. Heute hätte er sich gerne die DIY – Do-It-Yourself – Heimwerkerzeitschriften gewünscht, wo er doch nun auch zum Kreis der „Häuslesbauer" gehörte. Zu alle dem kam noch hinzu, dass sich im Wartezimmer selbstverständlich auch die ganzen Bazillenschleudern befanden. Er konnte die Stimme seiner Mutter hören, die ihm immer sagte, dass man gesund zum Doktor gehe und krank davon wieder komme. Ja, so könnte es durchaus sein, wenn er die ganzen Schnupfer, Huster und Halsschmerztablettenlutscher betrachtete, in deren trauter Runde er sich nun befand. Nach einer ersten Hochrechnung aus der Anzahl der wartenden Patienten und einer Behandlungszeit von etwa 10 Minuten ergab sich für Andre, dass er die nächsten fünfzig Minuten wohl noch mindestens ausharren musste, ehe er in die heiligen Hallen gerufen wurde. Und so kam es dann auch. Endlich hörte er seinen Namen und machte sich auf in Richtung Empfang und von dort weiter in eines der Behandlungszimmer. Und kaum hatte er das Wartezimmer auch schon verlassen, rückte die Putzfrau an, um sich hier zu schaffen zu machen. Doch bevor Andre nun endlich zum Herrn Doktor vorgelassen wurde, musste er erst noch einen Stopp einlegen und sich den Blutdruck messen lassen. Und dann endlich durfte er ins Sprechzimmer, um die Audienz beim Herrn Doktor wahrzunehmen, auf die er schon den ganzen Tag gewartet hatte.

Nach dem üblichen Smalltalk zwischen Arzt und Patient – Wie geht's Ihnen? Wo drückt der Schuh? – erzählte Andre in Kürze von den Ereignissen des Wochenendes.

„Das schau ich mir mal an.", sagte der Arzt in einem schon obligatorischen Satz, den Andre auch schon seit einigen Jahren kannte.

Und ohne weitere Floskeln stand Andre auf und begann sein Hemd aufzuknöpfen. Er packte es am Kragen und warf es dann über die Stuhllehne, ehe er sich nun sein Unterhemd auszog und dies ebenfalls auf der Lehne des Stuhls ablegte. Als Andre so dar stand, blickte er an sich selbst hinab und betrachtete die bunt gefärbte Haut. Warum verfärbt sich eigentlich die Haut in so einem Fall, ging es ihm auf einmal durch den Kopf, doch sein Hausarzt unterbrach seinen weiteren Gedankengang mit der nächsten Frage.

„Haben Sie starke Schmerzen?", fragte er und tastete vorsichtig auf den blauen Flecken an der linken Seite.

„Ja, schon. Ich habe auch nachts das Problem, dass ich nicht weiß, wie ich liegen soll.", gab er zurück.

„Ich denke, dass meine Kollegen von Rettungsteam Recht haben, dass nichts gebrochen sein dürfte, aber wir können ja mal sicherheitshalber noch eine Röntgenaufnahme machen." Und ehe Andre sich versah, hatte der Doktor auch schon die Tür aufgerissen und war verschwunden. Was wenn von draußen, von der Theke jemand hier herein schauen und ihn mit nacktem

Oberkörper sehen konnte?, fragte sich Andre, als er dem Doktor nachschaute. Doch dieser kam postwendend zurück.

„Es ist grad niemand da, Sie können also gleich geradeaus durch zum Röntgen. Es kommt gleich jemand. Vielleicht schon mal alle metallenen Gegenstände ablegen. Wir sehen uns dann gleich wieder."

Andre packte noch seine Klamotten und ging dann zum Röntgenraum. Er hatte noch nicht einmal alles ausgezogen, als auch schon die Sprechstundenhilfe kam und den Röntgenapparat einstellte. Sie dirigierte Andre, wie er stehen musste. Bei dem Satz: „Sie müssen sich ganz zurücklehnen.", tat Andre wie im befohlen, doch war diese Wand eiskalt und eine Gänsehaut überzog schlagartig seinen Körper. Nachdem die junge Dame ihm dann auch noch den Bleischurz um seine Lenden gelegt hatte, verließ sie den Raum. Andre schloss die Augen. Ein Summen ertönte und noch bevor es verklungen war, wurde die Tür auch schon wieder aufgerissen und die Frau kam herein, nahm ihm den Bleigürtel wieder ab.

„Sie können sich wieder anziehen und vor dem Sprechzimmer auf dem Sofa Platz nehmen. Der Herr Doktor wird Sie dann aufrufen, sobald das Bild fertig ist.", sagte die Arzthelferin und verschwand aufs Neue.

Andre zog gemächlich sein Unterhemd an und schlüpfte dann in sein Hemd. Er hatte noch nicht einmal alle Knöpfe zu, als die Tür am anderen Ende des Ganges geöffnet wurde und der Herr

Doktor nach ihm Ausschau hielt. Und so sprang Andre den Gang hinunter und geradewegs in das Behandlungszimmer.

„Ich habe eine gute und eine schlechte Nachricht für Sie.", sagte der Arzt. Und noch ehe Andre sagen konnte, „die schlechte zuerst", fuhr der Arzt fort: „Die gute Nachricht ist, dass die Rippen weder gebrochen noch angebrochen sind. Ich denke es ist nur eine kleinere Prellung. Mit ein paar Schmerztabletten und Salbe sollte es bis Anfang nächster Woche ausgestanden sein."

Nun gut, dachte sich Andre, wenn das die gute Nachricht war, warum gab es dann noch eine schlechte Nachricht? Oder war der Zeitplan, dass es bis zur nächsten Woche dauern würde die schlechte Nachricht.

„Doch nun die schlechte Nachricht. Obwohl, wenn man es so betrachtet, ist es auch eine gute Nachricht, denn wären Sie heute nicht gekommen, würden Sie die schlechte Nachricht vielleicht.... Ach lassen wir das doch und kommen gleich auf den Punkt. Ich habe auf dem Röntgenbild mehrere Schatten entdeckt. Unter anderem gibt es einen relativ großen Schatten in der Lebergegend."

Der Doktor zeigte auf das Röntgenbild das noch an der Wand hing und Andre´s Rippenbögen zeigte. Nun erkannte Andre auch die dunklen Flecken.

„Diese Schatten sind...?"

„Krebs."

Es herrschte ein Moment des Schweigens, bis Andre realisiert und in seinem Kopf verarbeitet hatte, was der Doktor gerade zu ihm gesagt hatte.

„Krebs?"

„Ich würde Ihnen aber gleich noch Blut abnehmen, um dies auch bei einem großen Blutbild nachweisen zu können.", entgegnete ihm der Arzt.

„Scheiße!", entglitt es Andre, der geistesabwesend seinen einzigen Gedanken, der ihm gerade im Kopf herumschwirrte zu einem Wort geformt hatte und ihm über die Lippen kam.

„Ja, es liegt jetzt sicherlich eine schwere Zeit vor Ihnen, aber es gibt mittlerweile gute Chancen auf Behandlung, um den Verlauf hinauszuzögern."

Der Doktor erhob sich und holte eine Spritze aus dem Schrank an der Wand.

„Nach der Untersuchung der Blutergebnisse würde ich sagen, setzen wir uns noch einmal zusammen und besprechen eine mögliche Therapie."

In Andre's Kopf rasten die Gedanken und Möglichkeiten. Er wusste nicht so recht, was er sagen sollte, denn eigentlich war er doch nur wegen der blauen Flecken gekommen und den Schmerzen der Rippen. Und nun erfuhr er, dass er Krebs haben sollte. War der Tag nicht schon beschissen genug gewesen? Und so krempelte er den Stoff seines Hemdenärmels nach oben und ließ den Herrn Doktor seine Arbeit machen. Er spürte den Pieks der Nadel nicht einmal, als sich diese durch die Hautschicht zur Vene bohrte. Und ehe Andre sich versah, klebte auch schon ein kleines Pflaster auf der Einstichstelle der Nadel.

„Ich würde sagen, wir sehen uns am Donnerstag wieder, denn morgen geht die Probe raus, dann liegt das Ergebnis am Mittwoch vor, aber ist mittags zu und dann machen wir den Donnerstag."

Andre hätte am liebsten protestieren wollen, dass der Doktor gefälligst am Mittwoch seine scheiß Praxis aufmachen und seinen Arsch in Bewegung setzen sollte, wenn es darum ging, ob er nun Krebs hatte oder nicht. Doch anstelle sich in einen verbalen Kampf mit dem Doktor einzulassen, stand er auf und ging zur Tür hinaus, ohne sich vom Herrn Doktor zu verabschieden. Er packte seine Jacke, die noch als einzige am Garderobenständer hing und verließ dann die Praxis. Auch die Putzfrau, die sich bei ihm verabschiedete und noch einen schönen Abend gewunschen hat, wurde von ihm ignoriert.

Andre wusste nicht wie, aber er kam unbeschadet vom Arzt nach Hause. Er hatte nicht einmal mehr gewusst, welche Straßen er entlang gelaufen war, noch ob er überhaupt nach links und rechts geschaut hatte, bevor er die Straßen überquerte. Zum Glück hatte er den Termin so spät abends gehabt, sonst wäre er den ganzen Tag durch den Wind gewesen. So war es jetzt die Nacht. Vor dem Arztbesuch war er total müde und schlapp und wäre am liebsten sofort unter die Dusche und ab ins Bett. Doch jetzt hatte sich die

Situation geändert: Adrenalin schoss durch seinen Körper und seine Gedanken über die Diagnose und was der Arzt ihm gesagt hatte, kreisten unentwegt in einer Schleife durch seinen Kopf. Er wusste nicht, wo er anfangen, noch wo er aufhören solle. Aber seine Schutzengel hatten ihn unbeschadet nach Hause gebracht, wo er nun in der Küche stand. Jetzt wäre es ein guter Zeitpunkt für ein heißes Bad - und so ging er nach oben, wo er das Wasser in die Wanne einlaufen ließ. Rosmarin, Lavendel oder Eukalyptus stand als Badezusatz zur Wahl. Nach Belebung durch Rosmarin war es ihm nicht. Eben so wenig stand ihm der Sinn nach Eukalyptus, denn diesen Duft verband er immer mit krank sein. Und so dampfte es wenige Augenblicke später nach Lavendel. Entspannung, das war, was er jetzt brauchte, um seine Gedanken vor dem Schlafengehen vielleicht noch einmal sortieren zu können. Dann knöpfte er langsam sein kariertes Hemd auf. Knopf für Knopf schossen ihm wieder wilde Gedanken über Krankheit und Tod durch den Kopf. Er schaltete das Wasser aus und verließ das Badezimmer – sein Hemd in der Hand. Er betrat das Schlafzimmer, wo er sich seines Unterhemds, der Jeans und der Boxershorts entledigte. Das Hemd warf er achtlos über einen Stuhl, der in der Ecke stand und als Ankleidebutler diente. Zurück im Bad, schloss er die Tür, zog seine Socken aus und stieg dann in die Badewanne. Bereits als er den ersten Fuß in die Wanne mit dem heißen Wasser setzte, fing sein Fuß an zu kribbeln. Nach dem zweiten Fuß spürte er die Wärme von unten durch seinen Körper ziehen. Dann endlich legte er sich in die Wanne und ließ seinen Körper von dem warmen Nass einschließen. Nun gingen seine Gedanken auf Reise:

„Sollte ich heute Abend noch jemanden anrufen und sagen, welche Diagnose der Arzt mir gestellte hatte. Aber was, wenn ich den nächsten Tagen das neue Ergebnis bekomme und tatsächlich alles nur ein Vertauschungsfehler war. Dann müsste ich alle wieder informieren, die ich heute informiert habe, dass ich doch noch ein Weilchen leben werde und dass alles nur eine Verwechslung war. Sollte es eine Verwechslung sein, dann tut mir nur der arme Tropf leid, der in den nächsten Tagen erfahren wird, dass er bald sterben wird. Ihm wird es dann wohl noch härter treffen wie mich, denn ich weiß dass ich sterben werde und werde es dann nicht, aber der andere denkt nun, er sei gesund und bekommt dann die Todesnachricht. Vielleicht sollte ich die nächsten paar Tage einfach ganz normal weitermachen und tun, als wäre ich heute nicht beim Arzt gewesen und hätte somit meine Ergebnisse noch gar nicht erhalten. Ich meine der Arzt hat leicht reden, denn schließlich geht es nicht um sein Leben. Und was soll ich dann noch bei zig Spezialisten, wenn dem so wäre. Wenn ich nur noch ein paar Wochen lebe, dann möchte ich das auch noch tun und nicht meine Zeit in Krankenhäusern, Behandlungsräumen und keimverseuchten Wartezimmern verbringen und mich durch die alten Zeitschriften lesen.

Die Nacht verbrachte er mehr schlecht als recht. Und da es jetzt sowieso schon zu spät war, brauchte er sich über Folgen keine Gedanken mehr zu machen. Daher stand er auf, ging ins Wohnzimmer, wo in der kleinen Bar der Wohnwand die Flaschen mit dem Alkohol standen und kippte erst einmal einen großen Schluck Rum hinunter. Dann ging er zurück ins Bett. Zur Sicherheit stellte er die Flasche auf den Nachttisch. Und was, wenn es ein gutartiger Tumor war, schlich sich der Gedanke in seinen Kopf, der ihn schließlich auch einschlafen ließ.

Am nächsten Morgen wachte er auf und konnte im ersten Moment nicht sagen, ob er nur einen furchtbaren Alptraum hatte oder ob die Situation real war. Doch als er dann auf dem Tisch Rezept, Überweisung und Medikamente liegen sah, wusste er, dass es kein schlechter Traum gewesen sein konnte. Wie sollte er nur die beiden nächsten Tage überstehen, ohne auszuflippen, dem Wahnsinn zu zerfallen oder an den nun nagenden Gedanken an Krebs vor die Hunde zu gehen? Aber der Arbeitsalltag belehrte ihn eines besseren und lenkte ihn durch die vielen auf ihn hereinprasselnden Aufgaben von seinen Gedanken an Krankheit und Therapie und schließlich sein Ende ab. Dafür fluchte er und regte sich innerlich mal wieder auf, dass er eigentlich ein Magengeschwür hätte haben müssen, dachte er sich abends auf der Heimfahrt. Nun ja, vielleicht hatte er ja auch eins, dass man auf dem Röntgenbild nur nicht gesehen hatte.

Den Abend verbrachte er damit, das Internet zu durchforsten, was es alles zum Thema Krebs gab. Und ohne sein zutun verging die Zeit so schnell, dass seine Augen auch schon fast von alleine zufielen – heute auch ohne Alkohol. Aber durch die vielen Beiträge, die er nun gelesen hatte, war er teils aufgeklärter – was ihm gerade nicht wirklich viel brachte – und gleichzeitig verwirrt, weil sich die ein oder anderen Berichte auch in manchen Punkten widersprachen.

Dann folgte auch schon der Mittwoch.

Wieder bei der Arbeit wollte Andre die noch offenen Punkte auf seinen zig ToDo-Listen abarbeiten. Denn falls er von heute auf morgen ausfallen sollte, dass er wenigstens mit einem guten Gefühl ins Gras biss. Aber auf der anderen Seite dachte er: Scheiß drauf!

Das Telefon klingelte heute fast ununterbrochen. Was war heute nur los? Stand seine Telefonnummer etwa in großen, fetten Lettern auf der täglichen Klatsch- und Tratschzeitung? Hinzu kamen seine Kolleginnen und Kollegen, die es heute besonders gut mit ihm meinten und alle persönlich bei ihm auf der Matte standen, um ihm ihre Anliegen vorzutragen. Und so wuchs seine Aufgabenliste fast schon ins Unermessliche. Andre rannte und rannte. Er versuchte jeden Brand zu löschen, doch teilweise waren ihm auch die Hände gebunden. Nichtsdestotrotz, powerte sich Andre aus. Ob er nun neben Krebs auch an Burn-Out in die Knie ging – darauf kam es dann auch nicht mehr an. Doch dann kamen ihm wieder die Worte einer Freundin in den Sinn: LMA[2] – die Leck-mich-am-Arsch-Einstellung. Aber dafür war es heute schon zu spät.

Auch heute Abend durchforstete er das Internet nach Ursachen, Symptomen, Auswirkungen, Krankheitsverläufe,… Und wieder stellte er fest, dass er im Anschluss daran verwirrter war, als zuvor. Wieder stellte er sich die Frage, ob er jemandem davon erzählen sollte. Doch auf der anderen Seite wollte er nun erst einmal noch den morgigen Tag abwarten.

Donnerstag.

Auch der Donnerstag hatte es in sich. Und so kam Andre bei der Arbeit nicht zur Ruhe, was ihn auf der anderen Seite freute, doch während der Frühstückspause und der Mittagspause war das nicht der Fall und so spürte er wieder die Prellung seiner Rippen. Er verfluchte sich gleich selbst, dass er hier nicht konsequent war und sich regelmäßig mit der Salbe eingeschmiert hatte. Aber er hatte gerade auch andere und vor allem größere Sorgen und Probleme, als blaue Flecken – auch wenn sie schmerzten.

Je näher es dem Feierabend ging, desto unruhiger wurde Andre. Ein mulmiges Gefühl in der Magengegend nahm rapide zu. Er spürte schon, dass er jetzt keinen Happen – geschweige denn eine größere Portion – den Hals hinunter bekam. Und so war es auch, wie er leidig feststellen musste, als er zuhause in der Küche stand. Er blickte auf die Küchenuhr und die Zeit schien ihm viel langsamer zu vergehen. Er hatte doch noch seinen Arzttermin. Sollte er etwa schon jetzt ins Wartezimmer sitzen? Nein, das würde er sich nicht antun. Also brachte er den Müll hinaus, und warf noch einen Blick in seinen E-Mail-Account. Doch außer Spam und Werbung wollte niemand etwas von ihm. Auch gut, dachte er. Und dann war es auch schon Zeit, sich auf den Weg zur Arztpraxis zu machen. Und je näher Andre dem Gebäude kam, je mehr wurde er hibbelig und seine Gedanken zerstreuter.

Dann eröffnete der Arzt den Dialog: Sie haben tatsächlich Krebs.

Der Herr Doktor gab ihm ein Schachtel Tabletten für eventuell auftretende Schmerzen. Und reichte ihm ein Rezept. Hinzu kam noch eine Überweisung ins Krankenhaus, wo er sich für eine Behandlung und nähere Untersuchung melden beziehungsweise vorstellen sollte. Darüber hinaus erhielt er noch eine Krankmeldung mit offenem Enddatum.

Der Heimweg gestaltete sich ähnlich wie bereits am Montag – nur mit dem Unterschied, dass Andre nun die Gewissheit hatte, dass die Diagnose stimmte und er nicht im Dunkel tappen musste, ob oder ob nicht. Aber diese Erkenntnis half ihm in seiner momentanen Situation auch nicht wirklich weiter. Wie bei einer Nahtoderfahrung schien Andre´s Leben vor ihm vorbeizuziehen. Es gab zwei Situationen, die ihn kurz inne halten ließen und die seine Gedanken auf eine andere Bahn lenkten: Barcelona und New York. Und während er weiter nach Hause lief, beschloss Andre das Folgende:

„Ich muss einfach raus hier!"

Ich muss einfach raus hier!

Die Nacht war schlaflos für Andre und so hatte er viel Zeit statt Schäfchen zu zählen, sich Gedanken über sein Leben zu machen.

Warum sollte ich meine letzten Tage damit verbringen, mich und meinen Körper mit Medikamenten, Chemotherapien, Spritzen und wer weiß was noch allem aufzuputschen, wenn in ein paar Wochen sowieso Schicht im Schacht ist, ging es ihm durch den Kopf. Er meinte sich an einen Bericht zu erinnern, indem es um Krebspatienten ging, die nicht am Krebsleiden, sondern an den Nebenwirkungen der Behandlungen gestorben seien und mit ihrer Krankheit vermutlich noch ein Weilchen zu leben gehabt hätten. Wollte er das, dachte er vor sich hin? Wäre er nicht wegen des Sturzes und der blauen Flecken zum Arzt, wüsste er ja noch gar nichts von seinem Pech, aber so konnte er wenigstens noch das Beste daraus machen, oder?, dachte er vor sich hin und starrte zur Decke.

Und warum sollte ich die letzte Zeit, die mir noch bleibt, damit verbringen, die restlichen Zimmer zu tapezieren und zu streichen?

Es stellte sich ihm eine weitere interessante Frage: die Frage nach einem Testament. In den Filmen ist das immer so spektakulär, dass die gesamte Mischpoke – dieser Ausdruck gefiel ihm einfach - zusammenkam und dann der Mann im Anzug beziehungsweise die Frau im Kostümchen den letzten Willen des verstorbenen verlas. Aber Andre kannte dies auch anders. Er hatte mal einen Fall mitbekommen, da hat ein Mann nur die männlichen Nachkommen seiner Geschwister begünstigt. Da es sich um eine große Familie handelte und diese über den Globus verteilt war, dauerte die Vollstreckung des letzten Willens fast so lange, dass schon wieder die nächsten unter der Erde lagen. Was für ein Zynismus, dachte Andre. Aber zurück zur Testamentfrage: sollte er oder sollte er nicht, das war hier die Frage und spontan schoss ihm Shakespeare durch den Kopf. Obwohl, mit dem Fetzen Papier ist es jetzt sicherlich nicht so dringend, denn was habe ich schon zum Vererben? Das Geld, das ich habe beziehungsweise hatte und nun nicht mehr habe sondern anstelle dessen die Schulden, die ich habe, werden meine Familie erben. Einige Dinge, werde ich meinen besten Kumpels vererben und den Rest sollen meine Erben, dann verscherbeln, so wie sie wahrscheinlich auch das Häuschen verscherbeln werden müssen. Was lange währt und nun endlich war geworden ist, wird dann bald dahingehen. Von der Lebensversicherung können sie dann vielleicht die Beerdigungskosten begleichen. Apropos, wie ist es eigentlich mit der Beerdigung? Wenn ich nicht weiß, dass ich sterbe und mich so ein junger Raser über den Haufen fährt und mein Tod mich in Bruchteilen einer Sekunde ereilt, dann habe ich selbstverständlich keine Zeit mir darüber Gedanken zu machen, aber ich weiß es nun und habe doch noch ein bisschen Vorlauf. Arrangiert man als Sterbender sein eigenes Begräbnis? Das ist ganz schön makaber, oder? Auf der anderen Seite, dann bekomme ich wenigstens, was ich will. Ich denke mal, ich kann die Zeit im Flieger nutzen, um mir hier vielleicht ein paar Gedanken zu machen. Falls nicht, ist auch nicht so schlimm, denn schließlich bekomme ich dann von dem allem nichts mehr mit.

Ich könnte mich dann höchstens noch sprichwörtlich im Grabe rumdrehen.

Dann musste - beziehungsweise sollte - er vielleicht auch noch seine Familie informieren, wenn er von heute auf Morgen weg sein würde und vor allem noch in einer Nacht und Nebelaktion, wobei es laut Wetterbericht noch keinen Nebel geben sollte – es war Sommer!

Und so schrieb er einen Abschiedsbrief:

Hallo meine Lieben,

die letzten Tage waren für mich grauenvoll und nervenaufreibend. Nachdem ich mich nach meinem Geburtstag nicht ganz so gut fühlte (, was allerdings nicht am Alkohol lag) bin ich zum Arzt. Nach einer Blutuntersuchung wurde bei mir Krebs festgestellt. Für mich war diese Nachricht zunächst ein Schock. Aber der Doktor meinte, zur Sicherheit sollte man eine Blutprobe machen, um die Befunde bestätigt zu haben und ausschließen zu können, dass hier eine Verwechslung vorliege. So hielt ich in diesen Tagen meinen Mund, um die Pferde nicht scheu zu machen. Dann kam das zweite Ergebnis und bestätigte das erste. Nach einem Ultraschall und weiteren Untersuchungen riet mir der Doktor für die letzten Wochen, die mir noch bleiben, eine Chemotherapie in Verbindung mit Schmerzmitteln, um „das Ende" noch ein bisschen hinaus zu zögern. Aber ich habe mich nun dagegen entschieden und möchte die letzten Tage und Wochen, die mir noch bleiben nicht in Krankenhäusern und Wartezimmern verbringen - sondern ich will noch einmal leben. Daher habe ich eine kleine Reise organisiert und heute auch angetreten. Wohin die Reise geht, verrate ich Euch leider nicht, damit Ihr Euch nicht noch mehr sorgen macht, wie Ihr es wahrscheinlich nach diesem Brief ohnehin sicherlich schon tun werdet. Zum Sterben bin ich wieder zu Hause.

Gruß Andre

Nachdem er die wenigen Zeilen geschrieben hatte, las er sie einmal, zweimal und nochmals und nochmals. Dann endlich legte er das Blatt bei Seite und machte sich fertig, um zu Bett zu gehen. Kaum das er lag, knipste er die Nachtischlampe wieder an, stand auf und holte sich den Brief, um ihn noch einmal im Bett durchlesen zu können. Erneut wurde es dunkel in seinem Schlafzimmer.

Am nächsten Tag musste er erst einmal im Geschäft die Formalitäten regeln, sprich er reichte Urlaub ein. Halt! Warum sollte ich Urlaub einreichen, wenn mich mein Arzt hierfür sogar krankschreiben würde. Nun ja, er würde mich nicht nur krankschreiben, er würde mich gleich totschreiben. Aber musste ich den Kollegen im Geschäft auf die Nase binden, dass ich bald nicht mehr da sein würde? Gut, vielleicht war es nicht schön von den Kollegen und Kolleginnen, mit denen man ein tolles Arbeitsverhältnis hatte sich einfach davonzuschleichen und dann lasen sie die Todesanzeige in der Tageszeitung. Auf der anderen Seite: es gibt auch Kolleginnen und Kollegen, die würden einem vorne herum die große „Ach Du liebe Zeit" Nummer vorspielen und innerlich würden sie schon den „Leichenschmaus" als Megaevent planen, weil sie dich dann los sind. Andre rasten die Gedanken nur so durch den Kopf und er war im Nachhinein fast verwirrter als zuvor. Er kam von einem zum nächsten Gedanken, weil sich ihm auf seiner rasanten Fahrt auf der Gedankenautobahn immer wieder neue Ausfahrten aufzeigten, hinter denen sich ein eigenes System verbarg. Und außerdem, er konnte doch nicht während des Krankenscheins in Urlaub. Oder doch? Was sollte ihn das jetzt noch jucken? Er ist schließlich bald tot. Meine Güte, durchfuhr ihn der nächste Gedankenblitz, wenn ich bald tot bin und dann noch nicht mal mehr die Todesstrafe bekommen kann, welche Möglichkeiten eröffnet mir das? Halt! Wieder musste sich Andre selbst auf den Boden der Tatsachen zurückholen in dem er eine Vollbremsung hinlegte und seinen Geist wieder in die Küche seines neuen Zuhauses holte. Nein, er würde ganz einfach wegen eines Trauerfalls im Ausland Urlaub einreichen und dann aufbrechen, in der Hoffnung, dass nicht er der Trauerfall im Ausland sein würde.

Nachdem der Anruf im Geschäft erledigt war, wenn auch mich Ach und Krach, so konnte sich Andre nun den wichtigen Dingen des verbleibenden Lebens widmen: die Organisation seiner letzten Reise.

Andre startete seinen Laptop. Das Hochfahren – oder auch neudeutsch: booten - dauerte schon ein paar Minuten, in denen er schon einmal Kreditkarte und Reispass bereitlegte. Nachdem sein Rechner soweit war, konnte er ins Internet und sich schon mal einen ersten Überblick über die Flüge verschaffen. Seine Reise sollten ihn von Karlsruhe nach Frankfurt zum Flughafen führen. Von dort sollte es dann weitergehen mit dem Flieger nach Spanien und nach ein paar Tagen weiter in die Vereinigen Staaten gehen. Anschließend wieder nach Frankfurt und von dort mit dem Zug nach Karlsruhe. Einfach, dachte sich Andre und begann mit den Buchungen. Gabelflug oder One-Way-Tickets? Sicherlich lohnt ein Vergleich und kurzerhand recherchierte er die beiden Varianten. Preislich ließ es sich nicht viel nach und so buchte er die drei One-Way-Strecken: FRA-BCN, BCN-JFK, JFK-FRA. Den Mietwagen für Amerika würde er dann vor Ort buchen, entschied er sich. Als nächstes folgten noch die beiden

Bahntickets. Als Herberge buchte er sich in Barcelona in ein kleines Hotel in der Nähe des Hauptbahnhofs Sants Estació ein. Für New York fiel seine Wahl auf eine kostengünstige Absteige in New York Downtown. Und somit stand der Reiseplan für seine große Reise – seine letzte Reise:

Reiseplan:

7.03 Uhr Fahrt mit der S-Bahn nach Karlsruhe
    UMS in KA-Durlach Gleis 12 auf Gleis 2b mit Ankunft um 7.32 Uhr Gleis 9

8 Uhr Fahrt mit dem ICE von KA nach FRA; Gleis 3 → mit UMS in Mannheim von Gleis 2 auf Gleis 3 → Ankunft in FRA Gleis 6; Ankunft um 9.06 Uhr

    Transfer zum Abflugterminal - Shuttlebus

9.30 Uhr Check-in

11 Uhr Abflug von FRA nach BCN; Dauer 2 Stunden

13 Uhr Ankunft in BCN am Flughafen und Fahrt mit dem Shuttlezug in die Innenstadt von Barcelona

    Fußweg zum Hotel
    Check-in im Hotel
    Ein kleiner Bummel durch das Viertel
    Abendessen

<u>Eine Woche später</u>

7 Uhr Fußmarsch zum Bahnhof

    Fahrt mit dem Zubringerzug zum Flughafen

8 Uhr Check-in

10 Uhr Abflug

12.55 Uhr Ankunft am Flughafen JFK

    Mietwagen abholen

    Fahrt nach New Jersey; Dauer laut Routenplaner ca. 40 Minuten für ca. 29 Meilen

<u>Zwei Tage Später</u>

    Rückgabe Mietwagen

    Fahrt mit dem Taxi zum Hotel

<u>Fünf Tage später</u>

15.50 Uhr Abflug

05.30 Uhr Ankunft (einen Tag später)

    Check-out

Transfer zum Terminal / Frankfurt
Flughafen Fernbahnhof

7.53 Uhr Zug von FRA nach KA; Gleis 5
Ankunft 8.58 Uhr in KA HBF

9.19 Uhr Zug / S-Bahn von KA nach Hause
Regionalexpress Gleis 10 → UMS in KA-Durlach Gleis 11 in S-Bahn → 9.49 Uhr Bahnhof

10.15 Uhr „Zum Sterben wieder zu Hause"

Maria und Doris würde er schon mal zur Vorwarnung auf seinen spontanen Besuch jeweils eine Email schicken. Und so loggte sich Andre bei seinem E-Mail-Account ein und fing an ein paar Zeilen zu schreiben:

Hola Maria,

Qué tal? Mañana voy a ir a Barce para estar unos días ahí. En caso de que tengas tiempo vamos a ver para charlar.

Voy a llamarte si estoy en Barcelona. Mi número de teléfono movil no ha cambiado ya.

Saludos de Alemania
Andre

Andre stellte schon beim Schreiben der wenigen Zeile fest, wie schlecht sein Spanisch doch geworden ist. Zum Glück sprach Maria Englisch. Aber nichtsdestotrotz würden sie sich schon mit Händen und Füßen verständigen.

Dann ging es gleich weiter und so klickte Andre auf den „Neue Nachricht erstellen" Button. Dann schrieb er:

Dear Doris

I would be in town for a couple of days because I accompany my boss. I will be in the city two days earlier, so I would have two days to drop by. I will send you a message when I know the exact dates.

Best wishes. CU
Andre

Andre tat es schon beim Schreiben der E-Mail leid, dass er gelogen hat, aber so wäre es das Beste, dachte er sich. Er konnte Doris unmöglich die Wahrheit sagen, dass er nur kam, um sie noch einmal zu sehen und er dann zum Sterben wieder heimfahren würde. Erneut versuchten seine Gedanken auf die Autobahn zu gelangen, um einen Ablauf nach dem anderen durchzuspielen und miteinander zu verspinnen. Aber Andre konnte sich jetzt nicht schon wieder ablenken lassen. Er hätte Doris ja schon die Termine und Zeiten nennen können, aber für den Fall der Fälle wäre er noch ein bisschen flexibler, sollte er aus Spanien früher abreisen oder vielleicht noch einen Tag länger bleiben wollen.

Alles einsteigen, bitte!

Andre suchte den mittelgroßen Koffer sowie den kleinen Trolley im Wirrwarr aus Umzugskisten, Kartons und Säcken. Außerdem hatte Andre seine Klamotten noch nicht alle in den großen Schrank im Schlafzimmer geräumt, so dass er auch hier noch Kisten durchwühlen musste, bis er seine Urlaubskollektion zusammengestellt hatte.

Brauchte er noch etwas als Gastgeschenk, fragte er sich? Nein. Obwohl? So eine Kleinigkeit war nicht schlecht. Aber woher sollte er jetzt noch etwas nehmen, wenn es morgen schon los ging? Jetzt noch in den Supermarkt stehen? Nein. Er überlegte und überlegte und schließlich, als er ins Bad ging, kam ihm die geniale Idee, wie er das Problem lösen konnte: er hatte ja noch die Geschenke seiner Einweihungsfeier. Da ließe sich doch sicherlich was Brauchbares finden. Und so ging er ins Wohnzimmer, wo noch (fast) alles im Eck auf dem Tisch und der kleinen Anrichte stand. Alkohol? Naja. Er suchte weiter und entschied sich bei all den Leckereien, dann doch für etwas Süßes und etwas Salziges - zur Not konnte dies nämlich dann selber essen. Und so quetschte er die Sachen noch in den Koffer, eingebettet zwischen Hemden, Unterwäsche und Socken. Und zu seiner Verwunderung gingen sowohl der Koffer als auch der Trolly noch zu. Zum Schluss packte er seine Tasche mit den wichtigen – also den wirklich wichtigen Dingen: Ausdruck der Flugtickets, der Fahrkarte für den Zug, die Hotelbestätigungen, Stadtpläne, Kontakt der Mietwagenstation mit Reservierungsnummer,.... Und nicht zu vergessen seinen Reisepass. Er warf sicherheitshalber noch einen Blick hinein, ob dieser überhaupt noch gültig war, wobei er sich dessen sicher war, aber oh weh, würde er in Spanien am Flughafen stehen und seine Weiterreise in die USA hätte dort ein jähes Ende. Gültig bis zum 02.09.2017 – passt. Hinzu kam noch die Geldkatze mit den US Noten. In diesem Zug checkte er gleich noch seine Kreditkarte: ebenfalls eingesteckt und noch gültig bis 06/2015. Passt also ebenfalls.

Auf dem Weg zum Bahnhof würde er dann noch den Brief an seine Familie einwerfen, schließlich lag der Briefkasten auf dem Weg. *Falls Marke zur Hand bitte freimachen*, ging es ihm durch den Kopf und so musste Andre erst einmal schauen, ob er noch eine 60-Cent-Briefmarke zu Hause hatte.

Was sollte er nur mit seinen Pflanzen machen? Nun ja, er hatte ja nicht wirklich viele Pflanzen – jedenfalls echte Pflanzen. Die anderen waren sowieso schon tot – also künstlich. Und wer weiß, vielleicht starben die Pflanzen ja noch vor ihm. Interessant dachte er vor sich, als er über die Blätter des Gummibaumes strich. Mal gespannt, wer länger durchhält. Top die Wette gilt, sagte er und schüttelte ein Blatt des Gummibaumes.

Nächster Punkt: Reste im Kühlschrank. Hier tat es Andre schon ein bisschen Leid, dass er einige der Lebensmittel nun in die große graue Tonne hauen musste. Es sei denn, er wollte in seinem Kühlschrank neues Leben züchten. Wäre eine Feldstudie wert. Vielleicht konnte er die Schimmelkulturen ja zu horrenden Preisen verkaufen oder vielleicht war darunter ja ein seltener Wirkstoff – Penicillin, schoss es ihm durch den Kopf.

Kontrollfreak, wie er in dieser Hinsicht war, prüfte er mehrfach, dass alle Stecker gezogen waren (bis auf Gefriertruhe und Kühlschrank), alle Lichter aus waren, alle Fenster zu und alle Türen verschlossen.

Damit er seinen Zeitplan auch einhielt, verließ Andre um kurz nach 6.30 Uhr das Haus. Bepackt mit dem Koffer, dem kleinen Trolley als Bordköfferchen und seiner Tasche machte er sich auf. Wie immer, wenn er aus dem Haus ging, schloss er zweimal ab. Die Rollläden hatte er auf Halbmast. Und so begann seine Reise nun mit dem Marsch zum Bahnhof. Ein kontrollierender Blick auf die Uhr verriet ihm, dass er super gut in der Zeit lag und überhaupt keine Eile und Hektik an den Tag legen musste. Bevor er den Zebrastreifen überquerte, lief er noch die paar Meter weiter und warf den Brief in den leuchtend gelben Briefkasten an der Brücke. Nächste Leerung 16.00 Uhr – passt auch, dachte Andre und ließ den Brief los, der daraufhin durch den Schlitz ins Dunkel der Box fiel.

Andre hatte Glück, denn es war Ferienzeit und somit war Ebbe auf dem Bahnsteig. Nur hier und da standen ein paar Menschen, die jetzt zur Arbeit fuhren, aber die Schülermassen blieben aus. Somit war auch ein Sitzplatz in der Bahn sicher. Andre lief auf den Fahrkartenautomaten zu, stellte Koffer und Trolley ab und kramte dann nach dem Geldbeutel, um sich noch eine Fahrkarte für die Stadtbahn zu holen. Und so wie er auf den ersten Blick erkannte, brauchte er auch keine Angst haben, dass ihn jemand der anwesenden Pendler ansprach, denn er kannte sie nicht und hoffte natürlich, dass dies auf Gegenseitigkeit beruhte. Andre war hier im Ort ja schon alteingesessen, während es sich bei den anderen um „Nei´gschmeckte" handelte, wie er die Leute, die zugezogen waren, gerne nannte.

Ein Blick auf die Bahnhofsuhr – sollte sie richtig gehen – besagte, dass es noch fünf Minuten waren, die er hier am Bahnsteig ausharren musste. Fünf Minuten, was mag in fünf Minuten alles passieren können, schlich sich ein Gedanke in seinen Kopf.

Endlich war es dann soweit: ein Signalton erklang und die rot-weiß-gestreiften Schranken schlossen sich. Er musste an Mayo und Ketchup denken, als er auf die Schranken starrte. Abartig, dass ich jetzt ausgerechnet daran denken muss, dachte er. Dann warf er wieder einen Blick auf die große Bahnhofsuhr: 7.03 Uhr – pünktlich fuhr die S-Bahn ein. Und wie erwartet fand er im Innern der Bahn auch noch Platz. Freie Platzwahl. Hervorragend, denn so musste sich Andre auch nicht das Jammern der anderen Leute anhören, wenn er mit dem Gepäck ein wenig Platz versperrte. In Durlach hatte er dann eine sportliche Herausforderung zu meistern, denn die S-Bahn fuhr auf Gleis 12 ein und seine Anschlussbahn nach Karlsruhe zum Hauptbahnhof fuhr auf Gleich 2b ab – also am anderen Ende des Bahnhofs. Kaum war er die Treppen hinunter, den Gang entlang gehechtet und die Treppen zu Gleis 2b hinaufgespurtet – und dies samt Gepäck – da las er auf der Anzeigetafel, dass der Zug circa zwanzig Minuten Verspätung hatte. Zwanzig Minuten! Andre blickte schockierend auf die durchlaufende Anzeige am unteren Ende der Tafel. Zwanzig Minuten könnte bedeuten, dass er den Zug am Hauptbahnhof nicht bekam und somit einen Zug später.... Der Gedanke spann sich in Windeseile durch seine Hirnwindungen fort wurde aber schlagartig gebremst, als er einen Zug in den Bahnhof einfahren sah. Doch zu seinem Bedauern war es nicht sein Zug. Er wurde ungeduldig. Seine Reise konnte nicht unter so einem schlechten Stern starten. Nein, das konnte einfach nicht sein, diskutierte er innerlich mit sich selbst. Er packte seinen Koffer und den Trolly und lief zum Aushang, ob und wann der nächste Zug zum Hauptbahnhof fuhr. Wieder fuhr ein Zug in den Bahnhof Durlach ein und bei näherer Betrachtung konnte er erkennen, dass er auf Gleich 2b einfuhr. Kaum dass der Zug angehalten hatte, riss Andre eine Tür auf und stürmte hinein. Puuh, nun konnte es weitergehen. Und schließlich setzte sich der Zug auch wieder in Bewegung.

„An Gleis 3 bitte einsteigen, Türen schließend selbsttätig", hörte er die Damenstimme aus dem Lautsprecher. Selbsttätig? Gab es dieses Wort wirklich in der deutschen Sprache? Nun ja, er hatte den Zug erreicht und im Augenblick zählte nur das! Nun saß er im Zug von Karlsruhe nach Mannheim. Nachdem er sein Gepäck verstaut hatte, ließ er sich auf dem reservierten Platz seufzend nieder. Hoffentlich läuft in Mannheim auch alles glatt, dachte er vor sich hin und ließ die Silhouette von Karlsruhe hinter sich und betrachtete die Landschaft, die am Fenster vorbeisauste.

In Mannheim war das Umsteigen eine wahre Entspannung: aussteigen und am gegenüberliegenden Gleis wieder einsteigen. So stellte Andre sich das vor. Und nach circa einer halben Stunde erreichte er dann den Bahnhof Frankfurt am Main Flughafen Fernbahnhof, wo der Zug auf Gleis 6 einfuhr. Nun war er seinem Ziel – dem Terminal - schon greifbar nah.

Mit dem Aufzug fuhr er nach oben, wo ihn eine Schar Menschen erwartete, als sich die Fahrstuhltür geöffnet hatte und am liebsten gleich mit Sack und Pack ins Innere gestürmt wäre. Er quetschte sich durch die Menschenmenge und bahnte sich seinen Weg in Richtung Haltestelle Shuttlebus.

Die Fahrt zum Terminal könnte bereits in die Kategorie „rasant" eingestuft werden, denn der Fahrer legte sich schwungvoll in die zahlreichen Kurven, was die Passagiere und deren Gepäckberge von links nach rechts und von rechts nach links schwanken ließ. Enden tat die Fahrt mit einer fast schon kinoreifen Bremsung. Die Szene glich einem Zeichentrickfilm, bei dem ein übervoller Bus über eine holprige Straße fährt und den Insassen bei jedem Schlagloch das Essen hochzukommen scheint. Fehlte nur, dass sich jemand übergeben musste und dann alle schreiend aus dem Bus sprangen. Und wenn der Bus dann hält und sich die Türen öffnen, ergießen sich die Menschenmassen aus allen Öffnungen des Busses und wandern wie eine Schlange ab. Naja, so oder so ähnlich lief es bei dieser Busfahrt auch ab. Aber es zählte das Ergebnis: Andre stand am Terminal. Er lief auf die großen Glastüren zu, die sich wie von Zauberhand auseinander schoben und trat ein. Wenig später reihte er sich um fast Punkt 9.30 Uhr in die Schlange des Check-in-Schalters ein. Perfektes Timing, dachte er, als er einen Blick auf seine Armbanduhr warf.

Platz 36 A / FRA-BCN

Die lange Warterei am Check-in-Schalter machten Andre müde. Er fühlte sich außerdem verspannt. Und was noch hinzukam, waren die Schmerzen seiner geprellten Rippen – und der Krebs, der sich wie ein Parasit in seinem Körper eingenistet hatte und sich nun schleichend ausbreitete. Er dachte zu fühlen, dass ihm der Schatten auch Schmerzen bereitete. Aber sobald ich im Flieger sitze, werde ich mir eine der Tabletten einwerfen, dachte Andre und blickte nach vorne, ob es schon wieder ein Stück weiterging und er aufschließen konnte. Und so betrachtete er die Menschen, die sich vor ihm aufgereiht hatten. Auch der Blick zurück verriet ihm, dass die Maschine wohl brechend voll werden würde. Da kam ihm ein Bild von einem übervollen Flugzeug in den Kopf, das viele Turbulenzen meistern musste, wobei es einem Passagier schlecht wurde, der sich dann übergab. Und als der Flieger gelandet war, stürzten alle sofort aus dem Flugzeug – fast genauso wie die Busfahrt mit einem Shuttlebus, die als Comic vor seinem inneren Auge ablief.

Das Passieren der Sicherheitskontrolle am Flughafen war unspektakulär. Und so nutze Andre die verbliebene Zeit bis zum Boarding, um durch die Tax-Duty-Free-Shops mit den überteuerten Preisen zu schlendern und zu schauen, was er sich alles nicht kaufen würde.

Als die Zeit dann gekommen war, machte er sich auf zum Gate, um rechtzeitig beim Boarding zu sein. Und wie wenn er es geahnt hätte, wartete hier bereits die nächste Schlange auf ihn. Vor ihm stand ein Mann, der wartend in seinem Minireiseführer für den Jakobsweg las, um die Zeit sinnvoll zu nutzen.

Dann endlich war es soweit und die Tür ging auf. Es wäre beinahe ein regelrechtes Gedränge entbrannt, aber das Bodenpersonal verkündete durch den Lautsprecher – den man allerdings nicht verstand – welche Reihen als nächstes ins Flugzeug eintreten durften. Wieder stand er junge Mann vor Andre, als sie im Korridor standen, der vom Terminal zum Flugzeug führte. Und ob Schicksal, Fügung oder Zufall war, so erreichte Andre seinen Platz – 36A – nur einen Augenblick nach dem jungen Mann, der sich bereits auf Platz 36B niedergelassen hatte. Und so erhob er sich und ließ Andre auf den Fensterplatz durchrutschen, nachdem er sein Handgepäck im Fach verstaut hatte.

„Was ich noch sagen wollte...", begann der Fremde und drehte sich zu Andre, „...ich heiße Jens."

„Freut mich, Jens. Ich bin Andre."

„Und Du machst Urlaub in Barcelona?", fragte Jens einfach drauf los.

„So in etwa. Ich besuche jemanden und dann reise ich weiter."

„Toll. Vor mir liegt eine Pilgerreise."

„Toll."

Dann folgten einige Momente des Schweigens. Und noch bevor Jens ansetzen konnte, Andre von seinen weiteren Reiseplänen zu erzählen, kamen auch schon die ersten Durchsagen zur Sicherheit an Bord.
Während des Startvorgangs schwieg Jens und konzentrierte sich. Auf was, konnte Andre nicht ausfindig machen. Aber das war sicherlich ok, dachte er und genoss den Augenblick der Ruhe. Erst als die Maschine ihre Flughöhe erreicht hatte, fing Jens wieder an zu plaudern.

„Was ich noch sagen wollte,...", sagte Jens, „...ich habe nur zwei Wochen für meine Pilgerreise, dann muss ich wieder zurück, da ich mir noch eine neue Wohnung suchen muss. Aus diesem Grund mache ich ein paar Strecken mit dem Bus: So starte ich nun in Barcelona, von wo aus ich mit dem Bus nach Pamplona fahre. Und dann je nachdem wie meine Konstitution ist oder das Wetter mitspielt oder die Lage der Unterkünfte es zu lassen, werde ich dann einige Strecken mit dem Bus fahren, so dass ich die letzten Etappen wieder laufen kann, bevor ich mich dann von Santiago de Compostela auf den Heimweg mache und nach Deutschland zurückfliege.", sagte Jens.

Für eine kurze Auszeit der Unterhaltung zwischen den beiden Männern sorgte die Flugbegleiterin, die mit einem Wagen durch den Gang fuhr und Getränke anbot. Gleich darauf wurde dann auch das Essen verteilte. Andre hätte nicht gedacht, dass es auf solch einer kurzen Strecke ein warmes Essen gab, aber ungelegen kam ihm das auch nicht, denn heute in der Früh hatte er nicht gerade viel den Hals hinunter gebracht.

Was Andre fast zur Weisglut trieb war, dass Jens seine Sätze stets mit den Worten „Was ich noch sagen wollte…" begann, sich aber dann eine Gabel voll von dem Hühnchen italienischer Art reinstopfte und das Ende des Satzes erst nach gefühlten 35.000 Kau-Muskel-Bewegungen beendete. Hühnchen italienische Art auf dem Flug nach Spanien – wie passend, ging es Andre durch den Kopf, der durch diesen Gedankengang fast die Fortsetzung des letzten „Was-ich-noch-sagen-wollte"-Satzes verpasst hätte.

Andre kramte aus seiner Tasche die Schachtel mit den Tabletten. Inhalt: zehn Stück. Wenn ich jeden Tag nur eine halbe davon nehme, reicht es mir 20 Tage und dann sollte ich ja, wenn alles gut läuft wieder zu Hause sein, sinnierte er vor sich hin und starrte auf den weißen Blister in seiner Hand. Den Beipackzettel steckte er gleich wieder in die Schachtel. Er wollte gar nicht wissen, was diese Dinger alles mit seinem Körper anrichteten. Aber auf der anderen Seite jetzt eigentlich auch egal, dachte er weiter. Und so drückte er eine der Tabletten heraus, teilte sie und verpackte die eine Hälfte davon wieder und verstaute alles in seiner Tasche.

„Na, reisekrank?", fragte ihn Jens, der auf die Arzneischachtel geschielt hatte.

„Ein bisschen.", kam es von seinem Nebenmann zurück, der dann bedächtig die halbe Tablette in den Fingern hielt und sie noch einmal eingehend anschaute, ehe er sie in den Mund nahm und hinunterspülte.

„Was ich noch sagen wollte,...", sagte Jens, öffnete die Packung mit dem Muffin, den es als Nachtisch gab und stopfte sich das Gebäck fast komplett in den Mund. „...ich bin gerade in so einem Zwiespalt, weißt Du?"

„Nein.", sagte Andre.

„Ach, das war eher eine rhetorische Frage. Du bist ja ein richtiger Witzbold! Also, auf der einen Seite suche ich jemanden, mit dem ich gemeinsam durch's Leben gehen kann und eine Familie gründen kann. Kinder so geplante eins bis zwei – von meiner Seite aus zumindest. Aber das ist gar nicht so einfach, weißt Du?"

Andre wollte gerade zu einer erneuten Antwort ansetzten, aber er hielt gleich darauf inne und verzichtete darauf.

„Aber auf der anderen Seite, vielleicht bin ich ja auch schwul und finde deshalb keine Frau für's Leben. Und was ich noch sagen wollte,...", sagte Jens und schob sich den Rest des Muffins in den Mund. „...ich kann ja auch schlecht beides haben – also eine Dreierbeziehung – aber finde mal jemanden, der da mit macht. Das ist gar nicht so einfach, weißt Du?"

„Was ich noch sagen wollte,...", sagte Jens und Andre wartete bereits auf die Kaupause. Doch weit gefehlt. „... ich habe ja auch schon an Adoption gedacht oder natürlich an Samenspende. Dann gäb's zumindest irgendwo auf der Welt ein paar kleine Jensens.", gab er gegenüber Andre zu.

Andre wollte auf der einen Seite doch nur seine Ruhe und hoffte, dass die Tablette bald wirkte. Aber wie sah die Wirkung überhaupt aus? Schlaf? Schmerzlinderung? Vielleicht hätte er doch den Beipackzettel lesen sollen. Und Filme schauen ging auch nicht, da der im Vordersitz eingelassene Monitor defekt war. Also lauschte er weiterhin den Anekdoten und Geschichten von Jens, die er auf der anderen Seite aber auch zugegebener Weise ganz amüsant und unterhaltsam fand.

„Was ich noch sagen wollte...", fuhr Jens fort, „...vielleicht liegt es auch am Job, weißt Du? Ich meine vielleicht ist es ja auch an der Zeit, den Job zu wechseln und was ganz Neues zu machen. Vielleicht bin ich ja auch für etwas Höheres bestimmt, weißt Du? Vielleicht hält das Universum ja etwas ganz besonderes für mich bereit. Und wer weiß, vielleicht werde ich ja auf dem Pilgerweg die Erleuchtung haben, zu mir finden und der Lösung auf all die Fragen ein Stück weit näher kommen, weißt Du? Oh, die Toilette ist gerade frei, dann verschwinde ich mal eben kurz."

Während Jens verschwand, blickte Andre aus dem Fenster auf das Meer aus Wolken und dachte über das nach, was Jens gerade zu ihm gesagt hatte. *Er ist in einer Identitätskrise. Vielleicht könnte man es auch einfach so formulieren: Er weiß nicht, was er will. Aber ich denke mal eher, er weiß nicht, wer er ist. Nun gut, so wie ich es beurteilen kann, ist er ein Mann, der vielleicht auch am Beginn seiner Midlife Crises steht. Torschusspanik. Ich schätze ihn ein, dass er so alt ist wie ich. Plusminus. Wobei - im schätzen bin ich eigentlich meistens schlecht. Auf der anderen Seite beneide ich ihn – er nimmt sich Zeit herauszufinden, wer er ist, um danach neu zu leben. Ich weiß wer ich bin und muss nicht suchen, sondern habe keine Zeit mehr zu leben. Irgendwie finde ich es toll. Ich denke, es ist mein Schicksal, dass ich neben Jens sitze, denn Zufälle gibt es nicht. Aber wenigstens lebe ich noch die restliche Zeit, die ich habe.*

„Da bin ich wieder.", drang die Stimme von Jens an sein Ohr und holte Andre zurück aus seiner Gedankenwelt und bewahrte ihn so davor im unendlichen Meer aus Wolken zu ertrinken.

Andre wandte den Blick vom Wolkenmeer ab und drehte sich zu Jens. Er wunderte sich einen Moment, als er die beiden Becher in Jens Händen sah. Kaum hatte Jens wieder Platz genommen, reichte er ihm einen der Becher.

„Auf den Beginn einer tollen und spannenden Reise!", sagte Jens und streckte Andre seinen Becher zum Anstoßen entgegen.

Andre war sprachlos und wusste just in dem Moment nicht, was er darauf antworten sollte. Aber reflexartig streckte er seine Hand nach dem Plastikbecher aus.

„Stimmt was nicht?", fragte Jens.

Andre spürte den fragenden Blick und suchte nach einer Antwort.

„Doch, doch.", kam es dann aus Andre heraus.

Und so stießen die beiden mit Mineralwasser auf das jeweils vor ihnen liegende Abenteuer ihres Lebens an. Jens auf das neue Abenteuer und Andre – innerlich - auf das Letzte. Und kaum hatte jeder der beiden Herren einen Schluck Wasser getrunken, sprudelte es aus Jens weiter heraus:

„Was ich noch sagen wollte, ich habe mich auch schon im Internet mal schlau gemacht: es gibt da eine wahnsinnige Fülle an esoterischen Fortbildung. Ich dachte zum Beispiel an Reiki – das kennst Du sicherlich. Landläufig ist es auch als Handauflegen bekannt. Oder ich mache eine Ausbildung zu Heiler, weißt Du? Ich habe auch mal geschaut, wie man Heilpraktiker wird, aber das ist ja so was von schweineteuer, das glaubst Du nicht!"

Kaum hatte Jens seine Ausführungen beendet, da leuchtete auch schon das Anschall-Symbol auf gefolgt von der Durchsage, dass man sich in wenigen Minuten im Landeanflug auf den Flughafen Barcelona International Airport befinde. Meine Güte, dachte Andre im Stillen. Wie schnell die zwei Stunden Flugzeit jetzt vergangen waren. Er fühlte sich auch auf einmal ganz gut. Sicherlich wirkten jetzt die Tabletten, obwohl er ja immer noch nicht wusste, wie sie genau wirken beziehungsweise, was sie eigentlich bewirken sollten. Die Geschichtsstunde mit diesem Jens war jetzt auch ein netter Zeitvertreib gewesen, dachte er weiter. Heiler – was es im Leben nicht alles gibt. Vielleicht hätte ich ihn gleich mal noch fragen sollen, ob er dann auch Krebs heilen kann. Aber bis er ein Heiler ist, bin ich sicherlich nur noch ein Skelett in einem Erdloch, übersät mit Maden. Und so schwenkte er seine Gedanken und ließ seinen Blick aus dem

Fenster gleiten, um vielleicht schon mal einen ersten Blick auf die iberische Halbinsel werfen zu können.

Mit einer sanften Landung setzte das Flugzeug auf der Rampe auf und rollte dann zum Terminal weiter, wo es schließlich und endlich zum Stehen kam. Wie in einem Haufen Ameisen herrschte plötzlich ein hektisches Treiben im Innern des Flugzeugs und so packte jeder sein Handgepäck und machte sich schon mal bereit, auf schnellstem Wege, die Maschine zu verlassen.

Gemeinsam marschierten Jens und Andre in der Herde der Neuankömmlinge der Masse hinterher zur Gepäckausgabe. Und nachdem sie ihr Gepäck vom Fließband genommen hatten, machten sie sich auf den Weg durch den Zoll, den sie auch einfach so passieren konnten, denn die spanischen Beamten hatte sich das junge Pärchen gekrallt, die kurz vor ihnen mit einem Wagen voller Koffer, Taschen und Rucksäcken den Zoll passiert hatten. Glück gehabt, dachte Andre und blickte zu Jens, der ihn in diesem Moment ebenfalls anschaute. Womöglich hatte er das gleiche gedacht, dachte Andre.

In der großen Halle des Terminals verabschiedeten sich beide voneinander und wünschten sich gegenseitig eine tolle Reise. Dann gingen Andre und Jens jeweils ihrer Wege. Irgendetwas in Andre ließ ihn plötzlich innehalten. Für den Bruchteil einer Sekunde senkte er seinen Kopf, dann drehte er sich herum und versuchte Jens im Menschenmeer des Terminals zu erhaschen. Und unerwarteter Weise trafen sich die Blicke der beide, denn Jens ging es ebenso. Die Hand in die Höhe, um noch einmal zu winken, dann ging es weiter in Richtung Ausgang. Andre verließ das Terminal und stand nun da. Er sog diesen Duft von Sonne, Meer und Freiheit, der in der Luft lag auf wie ein Schwamm. Und für einen Augenblick suchte er eine Stelle entlang des Gebäudes, an die die Sonne mit einigen Strahlen vordringen konnte. Hier verweilte er kurz, um die wärmenden Sonnenstrahlen auf der Haut zu spüren. Es fühlte sich für ihn an, als komme er nach Hause. Dann lief er mit seinem Gepäck weiter in Richtung der Bahnhaltestelle, von wo aus er ins Zentrum von Barcelona fuhr.

Neben dem bunten Treiben in den Röhren der U-Bahn durchzog stickige Luft das Tunnelsystem und versuchte sich den Weg nach draußen zu bahnen - doch vergeblich. Die Luft schien hier unten gefangen zu sein.
Andre lief der Menschenmenge hinterher, fuhr die Rolltreppe nach oben und verließ durch ein Drehkreuz den Bereich der Bahnsteige und trat in die große Bahnhofshalle ein. Zielstrebig lief er gerade aus auf die Glasfront zu und verließ in großen Schritten das Gebäude von Sants Estacio – dem Bahnhof von Barcelona. Von hier aus waren es fünf bis zehn Minuten zu Fuß und er war im Hotel oder besser gesagt im „Hostal". Es hatte keine drei oder vier Sterne, aber es schien laut Internet saubere Zimmer zu haben und ruhig zu sein. „Vamos a ver!", wie der Spanier in solch einem Fall sagen würde: Wir werden sehen. Und so erreichte Andre auch ohne größere Probleme seine Herberge.

Das Einchecken in das Hostal war unspektakulär: Der Mann hinter dem Tresen tippte desinteressiert auf der Tastatur seines Computers herum und reichte Andre schließlich seinen Zimmerschlüssel.

„Es la habitación 324. Planta número tres a la izquierda.", endete die Konversation und der Herr von der Rezeption widmete sich wieder seinem Computer.

Viva España

Was wäre dies heute für ein toller Tag zum Sterben, ging es Andre durch den Kopf, doch heute war es noch nicht soweit, denn schließlich hatte er seine kleine Weltreise erst begonnen. Der Tag versprach herrlich zu werden, denn die Zeichen hierfür waren eindeutig: keine Wolke am strahlend blauen Himmel. Nicht mal ein Wölkchen traute sich vorbei zu ziehen und dieses Bild zu zerstören. Die Sonne brannte schon in den Morgenstunden heftig und somit konnte es heute eigentlich nur einen typisch heißen Tag unter der Sonne Spaniens geben. Andre besann sich, was in der katalonischen Hauptstadt alles auf dem Programm stand. Dann trank er den letzten Schluck seines Kaffees aus und packte seine Tasche. Geradewegs machte er sich auf in Richtung Bahnhof Sants Estacio, von wo er zu seinem ersten Ziel aufbrach. Als Andre durch die große Halle des Bahnhofs lief, kamen in ihm wieder die Erinnerungen zurück. Erinnerungen an damals. Hier hatte er damals leichtfüßig Tickets gekauft und ist in die Züge eingestiegen, die ihn aus Barcelona raus brachten. Er, der er damals nur ein paar Brocken spanisch sprach. Aber er hatte damals auch schnell gelernt – schnell gelernt nicht aufzufallen und sich für die anderen unsichtbar zu machen. Besonders für diejenigen, die es auf Touristen abgesehen hatten. Das er den Stadtplan auswendig gelernt hatte, wäre an dieser Stelle übertrieben, aber dennoch war sein Gedächtnis was Plätze und die Linien der U-Bahn anging sehr gut, so dass er bald den Plan beiseite legen konnte. Er schmunzelte dann häufig über die Touristen, die sich durch Stadtpläne und umgehängte Fotoapparate outeten.

Reisetagebuch Tag 1 – Deutschland - Barcelona
Nun, was soll ich sagen... ich habe es tatsächlich getan - ich bin in Barcelona. Die Nacht war beschissen, aber das war schon immer so, wenn ich in einem fremden Bett schlafe. Vielleicht hätte ich in meinem Leben öfters in anderen Betten schlafen sollen, wer weiß das schon. Der Flug gestern hatte mich auch geschlaucht. Ich weiß nicht warum. Vielleicht war es ja doch ein Fehler, diese Reise zu tun, aber hey – wer nicht wagt, der nicht gewinnt, heißt es doch schon. Vielleicht hätte ich mich auch Jens anschließen und den Pfad nach Santiago beschreiten sollen, in der Hoffnung, ich würde Erleuchtung und Seelenfrieden finden. So ein durchgeknallter Typ, dieser Jens. Bin mal gespannt, ob er seine neue Bestimmung findet, wenn er von seiner Pilgerreise zurückkehrt, aber was soll's, denn den werde ich sowieso nicht mehr treffen. Heiler. Was es nicht alles gibt im Universum. Vielleicht war auch die Strahlung schuld, die dort oben herrscht. Vielleicht hat die meinen Krebs beeinflusst und dieser hat sich zur Wehr gesetzt. Wer weiß, wer weiß... Aber jetzt werde ich erst einmal vom Plaza Catalunya aus gemütlich die Rambla hinunter schlendern, mir die Stände anschauen und unten am Hafen ein bisschen Meerluft schnuppern. Nächster Halt ist auch schon der Plaza Catalunya – aussteigen.

Und so verließ Andre die U-Bahn und schritt die Stufen der Unterwelt empor, wo er sich schließlich auf dem Plaza Catalunya wiederfand. Wie in einer Rückblende hatte er die Gebäudefassade vor Augen, die er damals in schwarz-weiß fotografiert hatte. Er hatte verharrt und gewartet, dass ein Kind in die Menge der Tauben rannte, so dass er den aufsteigenden Schwarm Vögel festhalten konnte. Doch es kam kein Kind, das ihm seinen Wunsch erfüllte.

Zurück im Hier und Jetzt drehte sich Andre herum und schlenderte über den großen Platz in Richtung Rambla. Was er auf alle Fälle beachten musste, war seine Tasche fest im Griff und im Auge zu haben.

Und so schlenderte Andre die weltbekannte Rambla hinunter, inmitten von Ständen, die fast alles feilboten, was der Tourist kaufen und sehen wollte. Zeitschriften aus Deutschland, damit man auch hier weiß, was in der Heimat so alles vor sich ging. Wer braucht das heute noch, wo doch jeder seine Tausend Apps auf dem Smartphone hat, dachte Andre, als er über das Meer an bunten Covern blickte. Hin und wieder reihten sich zwischen den Zeitschriften- und Blumenständen auch Stände, an denen man

Schildkröten, Vögel, Hamster und wer weiß noch alles kaufen konnte – lebend versteht sich. Damals wie heute, waren auch die lebenden Künstler und Straßenpantomimen vertreten: Sie standen verkleidet auf ihren Podesten und warteten, bis einer der Touristen ein Geldstück in den Hut warf, ehe sie sich in Bewegung setzten und für die fotolustigen Touris posierten.

Endlich erreichte Andre das untere Ende der Ramble, wo hoch oben Christoph Columbus auf einer Säule thront, den Blick weit hinaus auf das Meer gerichtet. Das war Andre ebenfalls ein Bild wert.

Entlang der Promenade schlenderte er Richtung Barceloneta, bis hin zum Museu d´Història de Catalunya. Mit jedem Atemzug saugte er die Meeresluft in sich auf. Touristen drängten sich hier auf dem Promendenweg und schoben sich fast schon in beide Richtungen. Einheimische, dessen war sich Andre sicher, waren hier nur wenige darunter. Schon das Outfit der Menschen, die hier sich hier tummelten verriet, dass es keine Spanier waren, man konnte dies zweifelsfrei erkennen, auch ohne dass man die Sprache hörte, die sie sprachen. Typisch waren bei den Männern die kurzen Hosen, die hochgezogenen Socken und dann die Sandalen. Ob das wohl gerade wieder Mode ist, fragte er sich und war froh, dass dieser Trend an ihm vorbeigegangen war. Er hob die Augenbrauen, betrachtete noch einmal die Familie, deren Familienoberhaupt ebenfalls zu diesen Trendsettern gehörte und machte sich dann aber weiter auf den Weg. Andre entschied sich, den Rückweg etwas anders zu gestalten und so überquerte er die große Ampel in der Nähe des Museums. Rund um diesen Bereich hatten sich die fliegenden Händler ausgebreitet. Sie konnten die

Beamten der Polizei schon aus kilometerweiter Entfernung richten und sehen, was ihnen genug Zeit verschaffte, ihre Waren zu packen und sich auf und davon zu machen. Und falls die Zeit doch nicht reichte, dann nahmen sie die Beine in die Hand und rannten. Das war der Hafen von Barcelona – damals wie heute.

Zurück führte ihn sein Weg entlang des Passeig de Colom, von wo aus er immer noch einen Blick auf den Hafen hatte, aber sich nicht einen Weg durch die ganzen Touristen bahnen musste. Hier irgendwo musste auch das Gässchen sein, wo er einst eine Nacht in der angeblichen Jugendherberge verbracht hatte. Damals bekam das Wort „Loch" eine ganz neue Bedeutung. Es war die einzige freie Unterkunft, die er nach langem Suchen gefunden hatte. Das war noch ein Jahr bevor er in Barcelona lebte. Er bekam ein Bett im Schlafsaal, wo man nicht wusste, ob die, die in den anderen Betten lagen, nicht vielleicht sogar schon tot waren. Andre hatte damals fast kein Auge zugebracht, da er nicht wusste, ob er sonst am nächsten Morgen überhaupt noch aufwachen würde. Aber er hatte die Nacht überlebt und sich am nächsten Tag auf und davon gemacht. Eine Erfahrung in seinem Leben. Und bei diesen Erinnerungen an die Vergangenheit schlugen seine Gedanken plötzlich um und er fing wieder an, über sein Leben nachzudenken. Sein noch kurzes Leben. Und so vergaß er die Welt um sich herum, bis er schließlich wieder vor der Säule des Columbus stand.

Nach dem Besuch am Hafen und dem Denkmal von Columbus oder wie er in Spanien heißt: Cristobal Colón – machte er sich zurück auf den Weg zum Plaza Catalunya, von wo er aus zurück zum Hotel fahren wollte. Doch auf halber Strecke legte er noch einen Zwischenstopp in einem der touristischen Cafés ein. Kaum dass er an dem kleinen Tisch auf dem nur schmalen Gehweg Platz genommen hatte, kam auch schon der Kellner und nahm seine Bestellung auf. Andre gönnte sich Chocolate con Churros, wie es einst schon Hemmingway in einem Café in Pamplona tat. Dabei beobachtete er die Menschenmassen, die die Rambla nach oben und unten liefen und saugte die ganzen Eindrücke auf wie ein trockener Schwamm. Er nahm einen Schluck von der heißen Schokolade und biss in die frittierten Gebäckstangen. Dazu nahm er eine halbe Tablette. Nachdem kleinen kalorienreichen Snack machte er sich dann weiter auf den Weg. Bevor es nun zurück zum Hotel ging, wollte Andre auf jeden Fall noch bei dem kleinen Supermarkt vorbei, um sich eine Kleinigkeit zu Essen zu holen und sich mit einer Flasche Rotwein für den Abend einzudecken.

Erschöpft traf Andre schließlich im Hostal ein, wo er die Treppen hinauf stieg und mit einem Seufzer die Zimmertür hinter sich schloss.

Ich spüre, wie der Tag anstrengend war. Wenn die nächsten Tage ebenfalls so werden, war es vielleicht keine gute Idee, diese letzte oder besser gesagt vorletzte Reise zu unternehmen. Die letzte Reise steht mir ja erst noch bevor. Und ich muss gestehen, dass ich schon ein wenig Angst habe.
Als ich heute Mittag über den Markt an der Rambla lief stellte ich fest, dass es fast schien, als sei die Zeit auf dem Mercat de la Boqueria stillgestanden. Es war, als sei ich erst gestern das letzten Mal durch diese Halle gelaufen. Noch immer stand der Obststand am Anfang. Auch die Fischstände rochen für mich noch wie damals und es war ein tolles Schauspiel die

Meeresbewohner an der Theke stolz umherlaufen zu sehen, ehe sie kalt gemacht und in die Waagschale geworfen wurden. Einer der kleinen Krebse schien mich zu beobachten. Eigentlich ja Quatsch – aber ich habe es mir einfach eingebildet. Und dann habe ich geschaut, ob es ganz hinten noch diesen Stand gibt, wo sie vor all diesen Jahren Skorpionfleisch in Dosen verkauft haben. Damals habe ich mich nicht getraut. Wer weiß, vielleicht muss man bei der Zubereitung von Skorpionen genau so sorgsam sein, wie wenn man einen Kugelfisch auseinander nimmt. Damals habe ich es gelassen und heute komischerweise auch. Aber gebannt stand ich davor und habe die Dose angestarrt und den schwarzen Skorpion, der das Etikett...

Andre ließ plötzlich den Stift fallen und rannte in das kleine Bad neben an, wo er gerade noch rechtzeitig sich vor der Kloschüssel niederließ und sich übergab. Das Erbrochene war eine bunte Mischung und der Rotwein tat sein übriges hinzu. Es kam Andre so vor, als würde man ihm gegen seinen Willen den Magen auspumpen, obwohl er diese Erfahrung eigentlich noch gar nicht gemacht hatte in seinem Leben.

... ziert. Gerade habe ich mich um einige Kilos erleichtert – leider ungewollt. Daher werde ich nun den Tag beschließen, mir ein paar Schmerztabletten reinpfeifen und dann ins Bett gehen. Gute Nacht.

Es hatte nicht lange gedauert, da war Andre auch schon eingeschlafen. Aber in der Nacht ereilte ihn das gleiche Schicksal noch einmal. Eigentlich war er müde und schlapp und so hatte er große Mühe sich im Bad über die Kloschüssel zu beugen. Er wäre am liebsten einfach zur Seite weggekippt und hätte weitergeschlafen. Doch nachdem nun eigentlich nichts mehr in seinem Magen drin sein dürfte, wagte er einen erneuten Versuch und legte sich zurück ins Bett, wo er auch schnell wieder einschlief.

***Reisetagebuch Tag 2** – Barcelona / Girona*
Ich werde den heutigen Tag nutzen, um gleich einen Tagesausflug nach Girona zu machen. Ich habe zwar heute Morgen keinen Bissen den Hals hinunter gebracht, aber ich werde mir ein paar trockene Brötchen mitnehmen. Außerdem habe ich mir zur Sicherheit ein paar Plastiktüten eingesteckt, sollte es mich unterwegs überkommen. Aber nun zurück zu Girona: ich erinnere mich noch genau an das Museum von Dalí. Weiße Eier zierten die Türmchen und Zinnen. Aber bei meinem letzten Besuch vor circa 10 Jahren war die Schlange an Touristen so lange, dass ich nicht Stunden in der prallen Sonne verbringen wollte, nur um einen der Plätze zu ergattern, bei denen man in typischen Grüppchen durch die Ausstellung und das Museum geschleust wird. Ich hatte mir damals in einem der Souvenirshops noch eine Postkarte vom Abendmahl gekauft, die ich immer noch zu Hause stehen habe. Nun, Jahre später habe ich mir im Internet – der Globalisierung und dem www sei dank – dieses Motiv als Poster geholt, welches nun an der Wand neben dem Esszimmertisch hängt. Wer es sich nach meinem Ableben unter den Nagel reißt ist mir egal, aber da es mich einige Mühe gekostet hat, es zu besorgen möchte ich nicht, dass es im großen Container landet, der sicherlich dann im Hof stehen wird.
Eigentlich könnte ich die ganze Fahrt nur aus dem Fenster des Zuges starren und die Idylle der Landschaft hier in mich

einsaugen. Ich erinnere mich an einen Zeichentrickfilm, wo eine Maus Dinge sammelt für den Winter, während die anderen die Vorräte auffüllen und horten. Aber diese eine Maus sammelte Dinge, die für die Mäusekollegen nicht greifbar zu sein schienen. Und als der Winter kam und die Vorräte weg waren, da brachte diese Maus zum Vorschein, was sie den Sommer und Herbst über sammelte: Farben, Bilder,... So wie diese Maus fühle ich mich jetzt gerade auch: Ich sammle Bilder, Eindrücke, Impressionen... Aber für was? Nein, die Frage muss nicht lauten für was, sondern für wen? Und darauf kenn ich die Antwort: für mich. Ich möchte hier noch einmal mein Leben in vollen Zügen genießen und mich nicht ständig erinnern lassen, dass ich sterben werde. Aber vielleicht ist das auch nicht möglich, denn wer von uns weiß schon Wochen im Voraus, dass er bald den Löffel abgeben wird? Und wie verhalten sich Menschen in solchen Situationen? Verschließen sie sich und kapseln sich von der Gesellschaft ab? Interessante These. Ist vielleicht irgendwann einmal auch ein Thema eines Psycho-Studenten und soll mich jetzt erst einmal nicht weiter bekümmern. Wird es mich aber, so wie ich mich kenne. Jetzt muss ich aber den Stift mal für ein paar Minuten weg legen und die herrliche Landschaft genießen und Bilder sammeln.

Andre wollte nicht wahr haben, wie sehr ihn diese Reise eigentlich schlauchte und auslaugte und so versuchte er die Symptome, die sich allmählich immer häufiger bemerkbar machten zu ignorieren und auszublenden. Aber auch nach seinem bescheidenen Mahl in dem kleinen Hotelzimmer überkam es ihn auch an diesem Abend und so sprang er wieder ins Bad, wo er gerade noch rechtzcitig sich vor der Kloschüssel niederließ und sich übergab. Er schob es ganz einfach auf den Rotwein. Wie einfach ist es doch, jemandem die Schuld zuzuschieben, anstatt sie auch einmal bei sich selbst zu suchen. Er griff nach der Schachtel mit den Schmerztabletten. Zu seinem Entsetzen stellte er fest, dass nur noch drei Tabletten in dem Blister waren. Zwei würde er noch vor dem Einschlafen nehmen, blieb noch eine für die Nacht, falls notwendig und eine für den morgigen Tag. Also musste ihn sein Weg morgen auf jeden Fall in eine *Pharmácia* führen.

Reisetagebuch Tag 2 – BCN - „Auf Gaudí's Spuren"

Ich sitze nun in der Metro und werde heute auf Gaudí's Spuren wandeln. Seine Meisterwerke werden mich den ganzen Tag begleiten und verfolgen, dessen bin ich mir sicher. Seine Werke werden mich wie eine Schlange durch die Stadt führen. Und das wird heute anstrengend, auch dessen bin ich mir sicher, denn die Sonne brennt schon jetzt und ich komme ins Schwitzen. Wenn es erst gegen Mittag wird, steigen die Temperaturen wohl auf gefühlte 50 Grad. Bis zu diesem Zeitpunkt sollte ich den Park Güell schon hinter mir gelassen haben, denn sonst werde ich wie auf einem Präsentierteller von der Sonne gebraten und gebrutzelt. Also „vamonos"! Doch zuvor muss ich mir unbedingt noch Schmerztabletten holen, damit ich den Tag überstehe.

Und so machte sich Andre auf den Weg, um erst einmal eine Apotheke aufzusuchen. Er war in diesem Falle nicht wählerisch und marschierte in die erstbeste hinein, die auf seinem Weg lag hinein.

„Hola, bon día.", sagte Andre und schritt zielstrebig auf den Mann hinter dem Tresen zu.

„Bon día, señor. En que puedo ayudarle?"
„Quiero algo para mis dolores!", gab ihm Andre zurück. Er wußte zwar nicht, ob das grammatikalisch richtig war, was er gerade von sich gab, aber Hauptsache er bekam ein Schmerzmittel.

„Sí, un momentito."

Mit diesen Worten verschwand der Mann. Und schon ging hinter Andre die Tür und eine ältere Dame kam herein, die ihn gleich seltsam musterte. Ihr kleiner Hund schlug sofort an und wollte zu Andre springen, doch trotz des sicherlich schon hohen Alters hatte die Señora ihren Köter im Griff, dachte Andre. Vielleicht lag das Kläffen ja auch daran, dass Hunde Krebs bei Menschen spüren können. Vielleicht war das ja ein Krebsspürhund. Andre drehte sich schlagartig wieder um, als er die Stimme des Apothekers vernahm.

„Aquí, lo tiene. Algo más, señor?", fragte er.

"No, no, gracias.", gab Andre zurück und zückte schon seinen Geldbeutel, um zu bezahlen.

Nachdem das Geld und die Ware die Besitzer gewechselt hatten, verstaute Andre die Tabletten in seiner Tasche und machte sich auf in Richtung Tür. Wieder schlug der Hund der alten Dame an, als er an ihnen vorbeilief.

„Adeiu.", hörte er den Apotheker noch sagen, doch seine Antwort wurde von den vorbeifahrenden Autos verschluckt.

Hier in den Metrotunneln ist es zwar stickig, aber doch recht angenehm, wenn die Bahnen einfahren. Vielleicht sollte ich gleich mal eine der neuen Tabletten ausprobieren – quasi als Vorbeugung, sinnierte Andre vor sich hin.

Gesagt, getan und so nahm er gleich eine Tablette aus dem Döschen und schluckte sie mit einem Schluck stillem Mineralwasser hinunter.

Andre verließ die Metro an der Haltestelle Vallcara, von wo aus es noch ein guter Fußmarsch steil die Baixada de la Glòria nach oben war, um durch einen Seiteneingang in den Park Güell zu gelangen. Die ersten „Höhenmeter" meisterte Andre noch gut und steckte die Anstrengungen leicht weg, was vielleicht mit der Wirkung der Schmerztablette zusammenhing – an seiner guten Kondition und Ausdauer konnte es jedenfalls nicht liegen. Er hatte sich gedacht, die restliche Strecke mit den hier vorhandenen Rolltreppen zurücklegen zu können, doch weit gefehlt, denn diese waren außer Betrieb. Aber trotz der Anstrengung, musste Andre zufrieden schmunzeln, denn später ging es hier bergab. Doch letzten Endes wurden die Strapazen, die er heute schon auf sich genommen hatte, belohnt, denn das Wetter hielt und so konnte er auf der großen Plattform inmitten des Park Güell den atemberaubenden Blick bis hinunter zum Meer geniesen. Er nahm auf der sich windenden Bank Platz, die sich einmal rings herum schlängelte und von zig Tausend – wenn nicht gar Millionen – Mosaiksteinchen überzogen war: Gaudí eben.

Aber noch wesentlich beeindruckender als das Oben war das Unten, denn Andre setzte seinen Besichtigungstour hier im Park fort und gelangte dann unter die Plattform, auf der er sich gerade verweilt hatte. Hier unten war der Säulengang. Mächtige Säulen trügen hier fast schon wie in einem Irrgarten aufgereiht die Decke. Ehrfurcht überkam Andre, als er sich vorstellte, was diese Säulen alles aushalten mussten. Doch er konnte hier nicht ewig bleiben, denn er musste noch die Stufen nach unten zum Haupteingangsbereich, wo die nächste Attraktion auf ihn wartete: die Salamander-Fontäne.

Andre schaute auf die Uhr und bemerkte, dass er hier bereits ziemlich lange schon herumgebummelt hatte. Kein Wunder, denn das Wetter hatte bisher mitgespielt und es war herrlich, sich hier im Park zu verweilen. Doch er musste zurück zur Metro, sonst würde ihn das in seinem ganzen Timing des Tages durcheinander bringen, denn schließlich warteten noch zwei weitere

Sehenswürdigkeiten des Meisters darauf, heute von ihm entdeckt – beziehungsweise wieder entdeckt - zu werden.

Es war doch die Mühe wert, denn nach dem Aufstieg heute Morgen ging es jetzt entspannend den Berg hinunter. Der Park Güell hat seinen Reiz und seinen Zauber nicht verloren. Ganz im Gegenteil. Seltsamerweise war ich heute von diesem Säulengang fasziniert. So stelle ich mir die Säulen der Erde vor. Aber das Highlight war der Besuch bei der überdimensionalen Eidechse, die im Eingangsbereich die Besucher begrüßt. Da muss man sich einfach in die Touristenschlange mit einreihen und ein Bild ergattern.

Auf dem Rückweg musste Andre die Metrolinie wechseln von grün auf blau, damit er zu seinem nächsten Ziel – der Sagrada Família – gelangte.

Kaum dass Andre aus der Unterwelt und dem Labyrinth der Metrotunnel emporstieg, schien ihn die mittlerweile zunehmende Hitze wieder in das stickige Loch zurückdrängen zu wollen, aus dem er gerade gekrochen kam. Aber der Blick auf die Türme der Sagrada, die er schon vom Eingang der Metro erblicken konnte, ließen ihn geradewegs auf sein Ziel zusteuern.

Die acht Spitzen ragten in den Himmel, als wollten sie sich in ihn hineinbohren. Und da stand Andre nun vor dem Hauptportal, das von sechs Säulen getragen wurde. Die modernen Figuren, die ihm teilweise auch grotesk erschienen, schienen ihn anzustarren.

Andre war sich nicht schlüssig, ob er hineingehen oder einfach diese gigantische Bauwerk umrunden sollte, um die facettenreiche Fassade auf sich wirken zu lassen. Im Innern, so könnte er sich vorstellen, dass es sich immer noch um eine riesige „Obra" handelt – eine Baustelle. Und so umrundete er die Kirche nur und schlenderte noch über den Plaza Sagrada Família.

Beeindruckend, wie verspielt dieser Gaudí das Häuschen dort drüben geplant hat. Ich meine, diese zig Tausend Figuren und Schnörkel und und und... das ist schon der Wahnsinn. Vielleicht war er ja auch wahnsinnig oder es war einfach eine Passion, die er hatte – sein Lebenswerk. Müsste ich vielleicht mal im Internet nachschlagen, ob da was zu seinem Leben steht. Bestimmt, findet sich da etwas. Jetzt gönn´ ich mir hier aber erst einmal eines dieser überteuerten gekühlten Getränke. Ich fühle mich wie ausgetrocknet – ja fast schon mumifiziert. Durch die Baumwipfel finde ich es auch ganz interessant anzublicken, wie sich dazwischen die Türme erheben. Man könnte meinen, dass sie eine Art Antennen sind, die weit hinausschreien: „Hallo, hier bin ich". Das ist natürlich Schwachsinn, aber was macht schon Sinn? Ich muss schon wieder an Sie denken: an Maria. Morgen werde ich mich dann mit ihr treffen. Ich bin schon so gespannt, wie sie sich verändert hat. Vielleicht ist sie ja auch schon verheiratet – wer weiß – ich habe sie jedenfalls nicht bekommen. Hätte ich denn, wenn ich es wirklich gewollt hätte? Lohnt sich aber jetzt nicht mehr über diese Frage zu philosophieren und Zeit zu vergeuden. Hauptsache, ich sehe morgen meine Maria wieder. Und jetzt mach ich mich dann auf zur letzten Etappe des heutigen Tages: dem Palau Güell.
PS: Vielleicht sollte ich mal auf dem Weg dahin noch was essen, denn ich verspüre erste Bauchschmerzen.

Andre konnte in diesem Moment nicht unterscheiden, ob es sich bei den Schmerzen in der Magengegend um ein einfaches Bauchweh handelte oder ob die Beschwerden von ein bisschen weiter kamen und seine dunklen Schatten, die er in sich trug, weiter schmerzhaft von seinem Körper Besitz ergriffen. Daher spülte Andre mit dem letzten Schluck Wasser in der Flasche die nächste halbe Tablette hinunter, in der Hoffnung, diese würde sich des Problems annehmen.

Mit der U-Bahn war Andre ziemlich schnell im Zentrum und somit auch bei der Rambla, wo er die katalanische Unterwelt an der Haltestelle Liceu verließ. Die Stufen emporgestiegen, lief er ein paar Meter Richtung Hafen und bog dann in die *Nou de la Rambla* ein, wo sich sein Ziel – der Palau Güell befand. Das schmiedeeiserne Hoftor begrüßte ihn noch wie damals und so trat Andre ein. Nach wenigen Minuten startete auch schon die Führung und der TourGuide hieß die bunt gemischte Gruppe auf englisch willkommen. Dann machte man sich auf, hinauf zum Dach, wo die Touristen jeden Winkel fotografierten und in Millionen von Pixel festhielten. Die Sonne brannte hier fast noch heißer als im Park, so kam es Andre zumindest vor, als er auf der Dachterrasse des Palau stand. Leichter Schwindel ließ ihn sich gegen die Mauer lehnen. Und nach zehn Minuten wurde die Truppe auch schon wieder nach unten gejagt, denn die nächsten Besucher warteten schon sehnsüchtig im Innenhof, auf den Beginn ihrer Führung. Und so verließ Andre den Palau auch schon wieder durch das schmiedeeiserne Tor, durch welches er das Gebäude auch betreten hatte.
Kopfschmerzen begannen sich bemerkbar zu machen. Konnte das sein, ging es Andre durch den Kopf? Ich hatte doch bereits zwei Schmerztabletten genommen. Oder lag es daran, dass ich noch nicht so viel getrunken hatte? Gedanken schossen ihm durch den Kopf, auf der Suche nach der Ursache. Vielleicht wollte er aber die eigentliche Ursache dadurch nur verdrängen.

Alles Scheiße! Ich muss morgen einfach fit sein, denn morgen ist der große Tag: morgen treffe ich Maria!, schoss es ihm durch den Kopf.

Abends saß Andre in der kleinen Sauna des Hotals, die sich im Untergeschoss befand, gleich neben der Tür zum Technikraum. Die Schweißperlen kullerten ihm schon von der Stirn hinab und brannten in seinen Augen. Er wusste, dass Saunieren nicht gut für ihn war, doch er sagte sich immer wieder:
Vielleicht ist es das letzte Mal, dass ich eine Sauna betreten habe.
Kaum saß er nun einige Minuten auf der mittleren Bank, betrat auch schon der nächste Mann die Sauna und ließ sich in der Nähe des Ofens nieder. Durch das aufwendige und ausführliche Schütteln und Legen des Handtuchs wurde Andre aus seinen Gedanken gerissen. *Ich möchte mein Leben – so kurz oder lang es auch noch sein möge genießen. Und wenn ich dann – wo auch immer – die Augen schließe – zufrieden lächelnd einschlafe. Für den Dicken, der vor ein paar Minuten in die Sauna gekommen war, ist Saunieren wahrscheinlich auch nicht gerade gesundheitsförderlich. Nach zwei Minuten ist er schon so knallrot angelaufen und pfeift aus dem letzten Loch. Das kann einfach nicht gesund sein. Man sagt, die Hoffnung stirbt zum Schluss. Ich sage ja nicht, dass die Hoffnung schon gestorben ist, aber sie schwindet stetig und ich fühle auch nicht, dass ich irgendwann einen Strohhalm zu greifen bekomme, an den ich mich klammern kann. Meine Hoffnung wird mit mir sterben.*

Wieder brannte Andre der Schweiß in den Augen. Er warf einen Blick auf die Uhr und stellte fest, dass er mittlerweile schon fast 30 Minuten in dem Brutkasten saß und über sich sinnierte. Dann stand er auf, packte sein Handtuch und verließ die Sauna. Den Dicken überließ er seinem eigenen Schicksal. Nebenan in der Dusch ließ er einen kalten Schauer über seinen aufgeheizten Körper niederprasseln. Als die ersten Strahlen auf seine Haut trafen, zuckte er zusammen und ein kurzer, stechender Schmerz durchzog ihn vom Scheitel bis zur Sohle. Das war die Rache meines Körpers, dachte sich Andre. Anschließend rubbelte er sich mit dem Handtuch trocken und begab sich in den Ruheraum, um sich noch einige Minuten zu regenerieren. Als ihn die Stille umhüllt hatte, spürte er, wie es ihm abwechselnd heiß und kalt wurde. Wieder trat einer dieser stechenden Schmerzen auf, der diesmal allerdings nicht aufhören wollte. Andre kniff seine Augen zusammen und legte sich die Hände auf die Seite, wo er die Ursache des Schmerzes vermutete. Hatte Jens im Flugzeug nicht etwas erwähnt, dass er ein Reiki-Jünger sei und sich auch selbst die Hände auflege, kam es ihm wieder in den Sinn. Ziemlich lange schien sein Körper ihn außer Gefecht setzen zu wollen, ehe er ganz allmählich spürte, wie die Schmerzen nachließen. Ein zweiter Saunagang wäre wohl zuviel des Guten gewesen und so beschloss Andre auf sein Zimmer zu gehen. Als er von der Liege im Ruheraum aufstand, spielte ihm sein Kreislauf gleich den nächsten Streich. Er taumelte für einen kurzen Moment, als sei er nicht mehr nüchtern. Aber innerlich wusste er, dass er es war. Waren dies Sternchen, die er sah? Wieder musste er seine Augen zusammenkneifen. Zur Sicherheit hatte er sich an der Wand abgestützt, um ein bisschen mehr Halt zu haben, um nicht umzukippen.

Auch an diesem Abend stellte sich die gleiche Prozedur ein: er musste sich wieder übergeben.

„Verfuckte Scheiße, soll das etwa jetzt jeden Abend so weitergehen? Das liegt bestimmt an diesen verdammten Tabletten!", fluchte Andre in seinem Zimmer vor sich hin und warf sich gleich noch eine der Schmerztabletten ein, die er mit einem Schluck Rotwein die Speiseröhre hinab spülte, denn die Flasche mit dem Rotwein stand näher als die Wasserflasche. Dann knipste er das Licht aus und versuchte zu schlafen.

Reisetagebuch Tag 3– Barcelona
Heute traf sich Andre mit Maria. Aus diesem Grund musste er einfach fit wirken, um Maria keinen Grund zu geben, ihm zu misstrauen, wenn er antworten würde, dass es ihm gut gehe. Maria. Andre versank in Erinnerungen während er in der Metro saß. Aus seiner Tasche kramte er ein Bild hervor, auf dem Maria und er Arm in Arm abgelichtet waren. Über zehn Jahre war das Bild schon alt. Wieso kam er eigentlich nicht schon früher und öfter nach Barcelona zurück, fragte er sich, als er das Bild mit einem hypnotisierenden Blick betrachtete. Andre kannte die Antwort nur zu gut. Der Abschiedsschmerz, mit dem er damals zu kämpfen hatte machte sich wieder bemerkbar und versetzte ihm einen kleinen Stich ins Herz. Damals war der Stich viel größer gewesen, dessen war er sich sicher. Waren das Tränen, die in seine Augen drangen? Nein. Sicherlich war ihm durch einen Luftzug etwas ins Auge geraten. Noch zwei Haltestellen, ehe Andre aussteigen musste. Er warf einen letzten Blick auf das Bild in seiner Hand und verstaute es dann wieder in seiner Tasche.
Die Metro verlangsamte ihr Tempo und hielt schließlich an der Haltestelle Maria Cristina, wo Andre ausstieg. Die Luft hier unten war eine Mischung aus kühl und stickig. Und mit jeder

Stufe, die Andre nach oben Richtung Ausgang stieg, wurde die Luft zwar wärmer, aber es fühlte sich auch an, als fiel ihm das Atmen mit jedem Zug schwerer. Kaum hatte er den Untergrund des Metrosystems verlassen, als die Sonne ihn dazu zwang, seine Augen gegen die Helligkeit zusammenzukneifen, was ihm allerdings Tränen in den Augen verursachte. Und so griff er nach seiner Sonnenbrille. Nun ging es weiter. Es war für ihn, als sei er erst gestern zum letzen Mal diese Strecke gelaufen. Der schwarze Koloss in seinem Rücken wirkte noch immer so mysteriös und dunkel wie damals. Und an der Straßenecke auf der anderen Seite stand immer noch der Zeitungskiosk. Wie ein deja-vu überkam es Andre, als er den Kiosk passierte. Nur noch wenige Meter, dann würde er das Café erreicht haben, wo Maria und er sich treffen wollten. Leider reichte es Maria nur für einen Kaffee, denn die Nachricht von Andre, dass er nach Barcelona komme und sich gerne mit ihr treffen würde, kam doch sehr kurzfristig und Maria´s Terminkalender war nun mal voll. Aber immerhin konnte sie sich eine Mittagspause freischaufeln und sich mit ihm auf einen Kaffee treffen. Wie damals, so erhoffte es sich Andre, als er die Glastür aufdrückte und den ersten Fuß in das Café setzte. Der Duft von frisch gemahlenen Bohnen stieg ihm in die Nase und seine Augen fixierten sofort die süßen Köstlichkeiten in der Theke. Vor allem der Käsekuchen hatte es ihm angetan. Ob er wohl noch so schmeckte wie damals? Er blickte sich suchend im Café um, doch Maria sah er nicht. Und so nahm er im hinteren Teil Platz, wo er früher immer gesessen hatte. Das große Wandbild kam ihm gleich wieder vertraut vor. Kaum hatte er sich gesetzt stand auch schon eine junge Dame bei ihm und fragte ihn, was er gerne haben wolle. Und so bestellte sich Andre mit einen Lächeln einen Cappuccino. Er blickte der jungen Kellnerin nach, deren pechschwarzes Haar zu einem einfachen Pferdeschwanz zusammengebunden war und auf ihrem Rücken zu springen schien. Als die Glastür zum Café erneut aufgedrückt wurde, wurde sein Blick abgelenkt. Maria. Freudestrahlend stand Andre auf und schon trafen sich Maria´s und Andre´s Blicke. Sie hat sich nicht verändert, ging es Andre durch den Kopf, als er einen Schritt auf die herankommende Frau machte. Mit einem herzlichen „Hola" begrüßte ihn Maria und streckte die Arme aus, um Andre zu umarmen. Als sie sich drückten und ihre Herzen für einen Moment sich berührten, hatte Andre das Gefühl, als breite sich eine Wärme in seinem ganzen Körper aus und gab ihm eine Kraft, wie er sie schon lange nicht mehr gespürt hatte. Am liebsten hätte er Maria nicht mehr losgelassen. Für Andre hätte dieser Augenblick ewig dauern können. Doch dann löste sich Maria, legte ihren Kopf leicht zur Seite und betrachtete Andre von Kopf bis Fuß. Sie sagte etwas zu ihrem Gegenüber, aber Andre reagierte nicht, denn er war noch von Maria´s Anblick und Lächeln abgelenkt. „Qué?", kam es aus Andre heraus, nachdem der bemerkte, dass in Maria fragend anstarrte und auf eine Antwort wartete. Lachend ließen sich beide auf die Sessel nieder. Und wieder kam die junge Kellnerin und nahm Maria´s Bestellung auf. Bei dieser Gelegenheit orderte Andre gleich ein Stück vom Käsekuchen, um den Moment perfekt zu machen. Naja, so perfekt es eben ging. Perfekt wäre gewesen, wenn er gesund wäre und er mit Maria zusammen sein konnte. Er hätte die Chance gehabt vor zehn Jahren. Damals waren sie beide als gute Freunde auseinander gegangen und Andre war wieder nach Deutschland gekommen, während Maria ihr Leben in der pulsierenden Weltmetropole lebte und glücklich war. Wäre sie mit mir glücklicher geworden, spekulierte Andre in seinem

Hinterkopf. Er konnte es noch immer nicht fassen, dass er nun hier saß und mit Maria Cappuccino trank. Abermals kam es ihm vor wie ein Deja-vu.

Maria´s Mittagspause, die sie für das kurze Wiedersehen mit Andre geopfert hatte, dauerte nicht ewig und so rückte der Zeitpunkt des Abschieds immer näher. Zunehmend schaute Maria auf die Uhr. Andre war das nicht entgangen. Schließlich erhob sich Maria von dem ledernen Sessel. Andre tat ihr gleich. Beide standen sie sich nun gegenüber und blickten sich an, wie zwei frisch verliebte, die sich gegenseitig nicht trauen, den ersten Schritt zu machen. Doch dann breitete Andre die Arme aus und beugte sich nach vorn. Eng umschlungen hielt er Maria fest und hätte sie nach Möglichkeit nicht mehr losgelassen. Aber er spürte, dass es jetzt wohl genug war und ließ von ihr ab.

„Qué te vaya bien!", sagte Maria und verabschiedete sich mit einem Küsschen hier und einem Küsschen da.

Dann drehte sich Maria zur Tür und winkte ihm ein letztes Mal zu. Andre erwiderte. Am liebsten hätte er Maria gedrückt, im Arm gehalten und sie vielleicht nie wieder los gelassen. Aber das konnte er nicht. Als sie außer Sichtweite war, drehte er rasch den Kopf zur Seite und wischte sich eine Träne ab, die gerade über seine Wange kullern wollte. In diesem Punkt war und blieb er wohl ein Sensibelchen.

Reisetagebuch Tag 4– Barcelona
Was soll ich heute großartig schreiben? Es geht mir beschissen und ich werde wohl den ganzen Tag hier im Bett verbringen und

mich mit Medikamenten voll stopfen, damit ich morgen für die Weiterreise fit bin. Das einzige, was ich vielleicht sonst noch tun werde, ist kotzen.

Eigentlich wollte Andre heute noch die Stadt erkunden, aber er fühlte sich so schlecht, dass er nur kurz zum Bäcker ging und sich etwas zu Essen holte. Den Rest des Tages verbrachte er tatsächlich im Bett, pumpte sich mit Tabletten voll oder schlief.

Reisetagebuch Tag 5– Barcelona
Andre´s Zeit hier in Barcelona war vorbei. Auch wenn er noch viel mehr hätte sehen wollen. Aber der gestrige Tag hatte ihn nun

mal vierundzwanzig Stunden gekostet, in denen er nichts getan hatte – außer versucht Kraft zu tanken. Ob ihm das geglückt war würde sich dann heute herausstellen.

Nach dem check-out machte er sich mit Sack und Pack zu Fuß auf den Weg zum Bahnhof, von wo aus er mit dem Zug zum Flughafen fuhr. Alternativ hätte er auch mit dem Bus fahren können, aber da er gestern nicht schauen konnte, wie die Fahrpläne für den Bus aussehen, nahm er jetzt einfach den Zug.

So, die Koffer sind eingecheckt und ich sitze nun hier am Flughafen BCN und warte, bis endlich die Zeit vergeht, damit wir alle hier an Bord der Maschine dürfen. Ich kann es immer noch nicht glauben, dass die Tage hier so schnell vergangen sind. Immer wieder muss ich mich fragen, was gewesen wäre, wären Maria und ich damals zusammen gekommen. Wäre ich dann heute auch krank? Wären wir schon verheiratet und hätten Kinder. Aber hoffentlich nicht solche Bengel, wie die Familie dort drüben. Meine Herren, wenn das meine wären.... Aber gut. Hoffentlich sitzen die im Flieger nicht in unmittelbarer Nähe.
Dort vorne tut sich so langsam etwas. Ich denke wir dürfen gleich an Bord und dann geht es auch schon über den großen Teich. Bis später.

Holy Lady Liberty

Scheiß Klimaanlagen, dachte Andre und hätte am Liebsten laut vor sich hingeflucht. Das war ja fast zu erwarten, führte er die innerliche Rede mit sich fort. Husten. Je mehr er nun husten musste, je stärker nahmen die Schmerzen in seiner Bauchgegend zu. Er versuchte es zunächst einmal mit etwas Wasser. Also stand er auf und machte sich auf in den hinteren Teil des Flugzeugs, in der Hoffnung dort von einem der Flugbegleiter beziehungsweise einer der Flugbegleiterinnen einen Schluck Wasser zu bekommen. Vorbei an der Toilette, die gerade frei war, entschloss er erst noch hier sein Geschäft zu verrichten, bevor er sich etwas zu trinken holte und dann zufrieden zu seinen Platz zurücklaufen würde. Die Kabine kam ihm kleiner und enger vor, als beim Flug von Frankfurt nach Barcelona. So muss sich ein Huhn in der Legebatterie fühlen, dachte er schmunzelnd vor sich hin. Doch das Lachen verging ihm, als er einen Blick in den Spiegel warf. Er war kreidebleich und seine Augen sahen aus, als sei er gerade auf Drogen. Fuck, wer bist Du denn?, fragte er sein Spiegelbild. Und er brauchte sich die Antwort gar nicht erst zu geben, denn er kannte sie bereits. Und nach dieser kleinen Begegnung mit dem bekannten Unbekannten positionierte er sich und verrichtete guter Dinge sein Geschäft. Durch das Auf und Ab und die Turbolenzen traf der Strahl nicht immer sein Ziel, obwohl die Öffnung eigentlich groß genug war. Nach dem Händewaschen klatschte er sich noch ein wenig Wasser ins Gesicht, um vielleicht ein bisschen das Weiß abzuwischen und die gesunde Gesichtsfarbe darunter zum Vorschein zu bringen. Doch leider half diese Methode diesmal nichts und brachte ihm nicht den gewünschten Effekt. Dennoch wagte er es und verließ den kleinen Käfig und lief den restlichen Weg nach hinten, um sich einen Becher mit Wasser zu holen. Auf dem Weg nach hinten, ereilte ihn ein erneuter Hustenanfall, bei dem er dachte, seine Lunge käme aus ihm heraus. Vor lauter Schmerzen hielt er sich den Bauch mit der einen Hand, die andere hielt er sich vor den Mund. Von rechts und links wurde er nun beäugt, was ihm gar nicht gefiel. Aber da muss ich nun durch, dachte Andre. Als er endlich sein Ziel erreicht hatte bemerkte er gleich am Gesichtsausdruck seines Gegenübers, dass er wohl nicht gerade wie das blühende Leben aussah.

„Hola, me gusto un pocito de aqua, por favor.", sagte Andre.

"Estás bien?"

"Sí, sí, pero estoy un pocito ... ähm ... un pocito de *travel sick*, comprendes?."

"Ah, sí, bueno. Un momentito, señor.", sagte die Dame in ihrem blauen Kostüm und drehte sich um. Kurz darauf reichte sie Andre einen Becher mit Wasser und eine Dose Cola. Andre nahm beides dankend an und machte sich dann wieder schleunigst auf den Weg zu seinem Sitzplatz, um sich gleich ein paar Tabletten einzuwerfen. Ein „Qué te vaya bien" drang noch an sein Ohr und er hob anerkennend seine Hand zum Dank, ehe er wieder husten musste. Kaum dass er seinen Platz erreicht hatte, setzte er sich, klappte das Tischen aus, um die Getränke abzustellen und kramte schließlich in seinem Handgepäck nach seinen Tabletten und Tropfen. Hastig drückte er sich gleich zwei der weißen Pillchen aus dem Blister und warf sie sich ein. Mit einem Schluck des eiskalten Wassers spülte er alles hinunter. Sicherheitshalber nahm er gleich noch 10 von den Beruhigungstropfen, damit er vielleicht ein bisschen schlafen konnte, ehe es dann auch schon wieder was zu Essen gab.

Zwischenbericht für's Protokoll: Eigentlich wären wir schon längst gelandet und ich hätte wieder festen Boden unter den Füßen, aber wir mussten erst einige Runden in der Luft drehen, ehe man uns nach Bosten gelotst hat, wo wir auch noch eine Zwischenlandung einlegen mussten. Hier sitzen wir nun und keiner weiß wann es weiter geht. Oder man sagt uns zumindest nichts. Vielleicht ist ja auch der Verdacht eines Terroristen an Bord und sie müssen das erst mal noch checken. Oh mein Gott. Ich will aus diesem Käfig raus an die frische Luft! Vielleicht schmeiße ich mir einfach mal noch zwei Tabletten ein und versuch mich dann locker und entspannt zurück zu lehnen. Gute Idee, Andre.

Als das Flugzeug endlich und sicher auf die Rollbahn aufgesetzt hatte, kam noch eine Durchsage des Bordpersonals, dass alle Passagiere noch angeschnallt und auf ihren Plätzen zu bleiben haben, bis der Kapitän das Anschnallzeichen ausschaltet. Gefolgt wurde diese Ansage vom Üblichen bla, bla, bla, dass sich die Airline bedankt, dass man sich für sie entschieden hat, bla bla bla…. Unverrichteter Dinge packte Andre seine sieben Sachen in die Tasche, die zwischen seinen Beinen stand.

„Perdóname, señor. Usted es el señor Andre?", fragte ihn eine Stimme von der Seite.

Andre blickte auf und schaute in das Gesicht des Flugbegleiters, der ihm auch das Essen gebracht hatte.

„Yes. Ich meine: sí, sí. Is anything wrong?", fragte Andre und sein Blick barg mehr als Tausend Fragen.

„Would you please come with me, Sir?", setzte der Flugbegleiter gleich hinter her.

"Sí, of course. Ich meinte natürlich: claro.", antwortete Andre, der nun hastig versuchte den Sicherheitsgurt zu öffnen, seine Tasche zu packen und den kleinen Trolly aus dem Gepäckfach über ihm herauszuholen. Irgendetwas kam ihm spanisch vor, auch wenn er amerikanischen Boden unter den Füßen hatte. Von allen Seiten wurde er nun beäugt und gemustert. Teilweise dachte er sich, dass die anderen Fluggäste ihn sicherlich gleich als Terroristen abstempelten, denn sie hatten nicht nur ein Auge auf ihn, sondern auch auf seine Tasche und seinen kleinen Trolly, den er als carry-on mit in das Flugzeug gebracht hatte. Hinzu kam die fahle Gesichtsfarbe und die unterlaufenen Augen. Andre blickte in all ihre Gesichter, als er dem Flugbegleiter, der ihm immer noch höflich zulächelte, hinterher lief. Am liebsten hätte sich Andre in dem engen Gang einmal umgedreht, aber er konnte ahnen, welch ein Bild sich ihm bieten würde: alle würden ihm nachblicken, dann die Köpfe mit dem Sitznachbarn zusammenstecken und spekulieren, was mit dem Passagier wohl los sei, den man gerade „abgeführt" hatte. Als Andre nun samt seinem Führer das Ziel erreicht hatte, warteten auch schon die Kollegen des Flugbegleiters auf ihn. So langsam wurde Andre mulmig zu Mute und ein ungutes Gefühl beschlich ihn. Irgend etwas stimmte hier nicht.

„Qué pasa?, fragte Andre in die Runde der Uniformierten.

„Mr. Andre?, as you do not feel so well, we had to inform the Homeland Security Department that there is no risk while entering the US border.", erklärte ihm eine der Flugbegleiterinnen mit einem strengen Blick.

Hä, dachte Andre, als sich die Kabinentür des Flugzeugs öffnete. Draußen warteten bereits ein Mitarbeiter der Security, verkabelt und ausgestattet mit einer schwarzen wohl sicherlich kugelsicheren Sicherheitsschutzweste sowie ein weiterer Mann, der vermutlichem beim amerikanischen Roten Kreuz arbeiten musste. Zwischen den beiden Herren stand ein Rollstuhl. Nun überkam Andre ein untertriebener Hauch von Panik. Innerlich endete seine Reise wohl genau JETZT. Das war es mit der kleinen Weltreise. Das war es mit dem spontanen Besuch bei den Verwandten, von denen er gerne Abschied genommen hätte. Das war es. Er sah sich schon in der nächsten Maschine nach Deutschland, eskortiert und unter Quarantäne gestellt. Mit einer höflichen Geste streckte der Flugbegleiter seine Hand aus und deutete auf den Rollstuhl und die beiden Herren.

„Please, Sir. It is for your own protection, safty and health."

Sprachlos trat Andre nun samt Tasche und Trolly einen Schritt auf die beiden Herren zu. Ein letztes Mal wandte er sich um und richtete seine fragenden Blicke zur Crew, die teilweise aber schon wieder ihrem Alltagstrott folgten und die restlichen Passagiere nun „verarzteten". Mit einem „Keep care!", verabschiedete sich auch der Flugbegleiter und wandte sich nun wieder seiner Arbeit zu, denn immerhin wartete noch ein ganzes Flugzeug an Passagieren, die aussteigen wollten.

„Sir!", riss ihn die brummige Stimme des Security-Mitarbeiters aus seinem Gedankenkarusell. Geistig abwesend und innerlich schon das Schlimmste annehmend, setzte sich Andre in Bewegung. Die beiden Herren taten es ihm gleich. Wachsame und musternde Blicke hafteten nun an Andre, der sich die Einreise wohl etwas angenehmer vorgestellt hatte.

Treppen hoch, Korridore entlang, Treppen runter, Türen auf, Türen zu. Irgendwann gelangten Andre und seine beiden Begleiter schließlich ans Ziel. Andre kam diese Strecke anstrengend und ziemlich lang vor. Bestimmt eine Verwirrungsstrategie, dachte er sich insgeheim. Vielleicht, bringen sie mich gleich zum nächsten Gate und setzen mich in die nächste Maschine. Doch statt des Gates zum Rückflug verfrachtete man ihn letzt endlich in einen spartanisch eingerichteten Raum. Wie in den besten Hollywood-Blockbustern bestand eine Seitenwand aus einem Spiegelelement. Ausser einem kleinen Tisch befanden sich noch ein paar Stühle, die an der Wand entlang in Reih und Glied standen. An der Decke drohnte eine dunkle Halbkugel aus der ein kleiner roter Punkt zu leuchten schien. Überwachungskameras. Andre wurde es immer

mulmiger zu Mute. Was kam als Nächstes? Eine Leibesvisitation?
Andre wurde von den beiden Herren angewiesen Platz zu nehmen. Und so tat er, wie ihm befohlen, woraufhin die beiden Herren verschwanden und die Tür hinter sich schlossen. Als er sich in dem kahlen Raum umblickte, kam er nicht umhin, sich in der spiegelnden Wand selbst zu betrachten. Sofort erkannte er die dicken Ringe unter seinen Augen. „Mist, verdammter", rasten die Worte durch seinen Kopf, als er sich sah.

Schon ging auch die Tür auf.

„Sir, ich heiße Alex und arbeite für die Homeland Security Department. Sie wurden hier in Quarantäne gebracht wegen eine Sicherheitsrisiko für die Gesundheit.", sagte der Mann in Uniform in einem Mischmasch aus Englisch und Deutsch.

„Was?", fragte Andre.

„Sir, the crew informierte us über die bad condition of you. Sie haben Vermutungen über die Missbrauch of drugs."

„Drogen?"

„Sir, please. Bitte. Ich habe some questions. And we will have blood testing. If you do not agree on that we müssen einleiten legal action!"

Der letzte Satz hatte etwas sehr Eindringliches, kam es Andre vor. Bluttest. Drogen. Nun, ja. Er nahm keine Drogen. Ihm war nur schlecht.

„Look Mister. I am not taking Drogen or drugs. I am only travel sick from the flight. And so I have used some Tabletten to lower the pain. But this is no drug. I can show you."

Mit diesen Worten sprang Andre auf und wollte gerade anfangen in seinem Handgepäck zu kramen, doch die schnelle Reaktion seines Gegenübers ließ ihn sofort innehalten.

„Sir!, we will just check your blood and will have a short investigation of your luggage. If everything is all right, you can go on with entering the US. Is that fine with you?"

Da Andre von einem Drogentest nichts zu befürchten hatte, willigte er schließlich ein. Dabei bemerkte er den Blick des Beamten. Andre folgte diesem und blickte auf einmal auf die verspiegelte Wand. Dann öffnete sich die Tür erneut und weitere Beamte betraten den Raum. Einer von ihnen schien ein Mediziner zu sein, den er trug weiß, während die anderen alle die Uniformen der Homeland Security an sich trugen. Einer von ihnen trug Andre´s Koffer in den Raum und legte ihn auf dem Tisch ab. Als nächstes wurde Andre zur Ader gelassen. Nachdem der Arzt dann verschwunden war, musste er seine Gepäckstücke öffnen, so dass die Beamten mit ihren Handschuhen darin wühlen konnten. Nachdem diese nichts Auffälliges Gefunden hatten und auch ein Sensor nichts Aussergewöhnliches entdeckte, musste

Andre nun alleine in dem Raum der Dinge ausharren, bis das Ergebnis des Blutschnelltests vorlag.

Die Zeit schien stehen geblieben zu sein, so kam es ihm jedenfalls vor. Nervös starrte er fast schon im Minutentakt auf die Uhr. Er hatte zwar versucht, dies zu unterlassen, denn das mache ihn für sein Gegenüber nur Verdächtig - so kannte er es zumindest aus den amerikanischen Serien. Um sich abzulenken, packte er derweilen mal seine Kleider um: vom Koffer in den Trolly, vom Trolly in den Koffer, das Ganze wieder zurück in den Koffer. Ablenkung war das Stichwort, das in seinem Kopf umherschwirrte. Und während er beim Umschichten seines Hab und Gutes war, riss plötzlich ein Beamter die Tür auf und betrat den Raum. Andre drehte sich ruckartig um und blickte dem Beamten in die Augen, in den Händen hielt er noch eines seiner T-Shirts.

Totenstille lag für einige Sekunden im Raum, in denen der Mann Andre musterte. Ohne großes Aufsehen jedoch zog er eine Mappe hinter seinem Rücken vor, die er öffnete, als habe er dies schon Hunderte Male gemacht oder eine halbes Jahr geübt und einstudiert. Danach zog er den roten Reisepass von Andre heraus und streckte ihm diesen entgegen. Andre fragte sich unweigerlich, was dies nun alles wieder zu bedeuten hatte. War er frei, da er seinen Pass erhielt oder war er schuldig und man gab ihm seinen Pass zurück für das Einchecken zum nächsten Rückflug. Es zerriss ihn fast schon, als der Beamte die Stille beendete.

„Sir, you are clean. Sorry for the circumstances. Would you please take your luggage and follow me."

"Yes."

Andre ließ sich das nicht zweimal sagen. Schwupps drehte er sich herum, drückte das T-Shirt in den Koffer und machte dann sämtliche Reißverschlüsse zu. Danach packte er seine sieben Sachen und folgte dem Beamten. Unter der Türschwelle verharrte er nochmals einen Moment und blickte erneut zu der verspiegelten Wand hinüber. Nur zu gern hätte er gewusst, ob und wer dort dahinter stand.

Und so wurde Andre von dem Beamten zur Ankunftshalle geführt, wo er noch seinen Pass vorlegen und die elektronisch gespeicherten Fingerabdrücke abgeben musste. Was er in diesem Moment als genial empfand: er musste sich nicht in die langen Schlangen einreihen, sondern es wurde eigens für ihn ein Schalter geöffnet. Darüber hinaus wurde er begleitet, bis er schließlich durch die große Schiebetür in den Empfangsbereich trat, wo etliche Leute mit Schildern in der Hand auf Besucher aus dem Ausland warteten oder Familien, die ihre Lieben in Empfang nehmen wollten. Mit einem „Welcome to the United States", verabschiedete sich der Beamte von ihm. Andre bedankte sich mit einem schlichten „Thank you" und lief dann an den Wartenden vorbei, denn auf ihn wartete hier niemand. Sein nächstes Ziel war die Mietwagenstation. Um dorthin zu gelangen musste er einmal aus dem Gebäude hinaus und zum anderen Terminal hinüber. Und kaum hatte er einen Fuss aus dem Ankunftsterminal gesetzt, nahm er erst einmal einen tiefen Atemzug und lies die heiße, trockene und zugleich stickige amerikanische Luft in seine Lungen strömen.

Reisetagebuch Tag 6 – von Barcelona nach New York
Heilige Scheiße, dachte ich, als ich von dem Typ an Board zur Tür eskortiert wurde und mich dann die Security in Empfang

nahm. Da ging mir der Arsch aber mal so was von auf Grundeis! Nun gut, zum Glück war es letzten Endes „nur" ein Drogentest. Hätten die mich auf Herz und Nieren geprüft und einer Leibesvisitation unterzogen wäre der Fall wohl anders verlaufen. Aber es ist nochmals gut gegangen. Puuh! Für die Nachwelt: die hätten mich beinahe wieder nach Hause geschickt beziehungsweise wäre es mir vielleicht so wie diesem „Whistleblower" ergangen, der 2013 in Russland im Transitbereich festsaß. Schon eine verrückte Sache muss ich sagen, denn eine Frau hat sich gemeldet und sich angeboten, den jungen Mann zu adoptieren, damit er ohne Verfolgung nach Deutschland kommen darf. Ich könnte mir vorstellen, dass die Dame vielleicht auch mal Titelgirl bei Deutschlands größtem Boulevardmagazin sein oder einfach ihre Rente ein bisschen aufbessern wollte mit den Interviews und Berichten, die dann von ihr rund um den Globus gegangen wären. Aber so betrachtet, schnell verdientes Geld. Über einen Mann im Transitbereich gab es meine ich auch mal einen Hollywoodstreifen dazu. Titel fällt mir aber gerade nicht ein. Macht auch nichts.

Reisetagebuch Tag 7 – Von New York nach New Jersey
Gerade fragte ich mich, warum ich mir eigentlich die Mühe mache und ein Reisetagebuch schreibe, wenn ich doch sowieso bald abdanken werde. Nun, ich denke, ich will der Nachwelt zeigen, dass ich nicht verbittert, zurückgezogen und resigniert dahin gesiecht bin, sondern mein Leben bis zum letzten Atemzug genossen habe. Vielleicht werde ich es zu meinem Testament hinzufügen, dass meine Familie vielleicht im Ansatz versteht, was ich gefühlt, gedacht und getan habe, während sie jetzt sicherlich

zu Hause sitzen und sich verrückt machen, wo ich nur stecke und wie verantwortungslos ich nur sein konnte. Vor allem, dass ich noch nicht einmal anrufe. Ein Anruf würde es wahrscheinlich nur noch schlimmer machen.
Nach dem Desaster am Flughafen folgte ja gleich das Nächste: der Mietwagen. Meine Güte, ich bin noch nie in den Staaten Auto gefahren und vor allem auch noch nie Automatik. Ich mag es lieber zu kuppeln und den nächsten Gang einzulegen. Das ist einfach ein Gefühl von ... keine Ahnung, fällt mir gerade nicht ein. Und so bin ich zum ersten Mal zig Tausende von Kilometern entfernt von der Heimat in einem Leihwagen gesessen und hab das Navi programmiert. Sorry – hier heißt es ja GPS. Alles in allem hat es doch recht gut geklappt, muss ich im Nachhinein mal sagen. Gut, ich habe mich einmal verfranst und habe auch einmal die Vorfahrt genommen – Gott sei Dank ist nichts passiert – und dann noch verpasst, dass ich an der Kreuzung nach rechts abbiegen darf, auch wenn die Ampel rot ist, was zu einem Hupen geführt hat. Aber ich habe mein Ziel erreicht! Doris und Steve haben mich herzlich empfangen und ich musste mich zügeln, dass mir nicht gleich die Tränen gekommen sind. In meinen Gedanken kreisten die verrücktesten Ideen und Gefühle fuhren im wahrsten Sinne des Wortes Achterbahn. Ich wusste, dass wenn ich nicht mehr bin – bald nicht mehr bin – und die Nachricht davon auch hier über den großen Teich kommen würde, dann würden sie wahrscheinlich nicht ins nächste Flugzeug steigen und nach Europa jetten, um bei der Beerdigung dabei zu sein und von mir Abschied zu nehmen. Daher komme ich nun in Fleisch und Blut – solange ich das noch von mir behaupten kann – und nehme von ihnen Abschied. Verrückte Welt. Vielleicht bin auch nur ich verrückt – das schließe ich nicht aus.

Als wir dann in der Küche saßen und ich mit einem Glas Leitungswasser meinen ersten Durst gestillt hatte, wechselten wir alle auf die Veranda. Schon als der erste Schluck des Hahnenwassers mir die Kehle hinunter lief, rief dies in mir ein Deja-vu hervor und dann noch das gemütliche Zusammensitzen auf der Veranda ... es war, als sei ich erst ein paar Tage weg und doch ist alles noch so klar vor Augen, obwohl ich Doris und Steve vor anderthalb Jahren zum letzten Mal besucht habe. Ich genoss den herrlichen Abend mit meinen Verwandten. Ich glaube ich muss einfach während meiner Reise die Krankheit ausblenden, um die letzten Augenblicke noch besser genießen zu können. Und vor allem, um nicht jedes Mal, wenn ich an Abschied denke, gleich in Tränen auszubrechen. Nach einem ersten herzlichen Willkommen und „get together" musste ich mir einfach noch ein bisschen die Beine vertreten. Also beschloss ich, wie es schon die letzten Male zur Tradition geworden war, dass ich zum Einkaufszentrum laufe. Und ich stellte dabei fest, dass verdammt viele Leute sich in den eineinhalb Jahren verdammt viele Köter angeschafft haben. Meine Güte, fast bei jedem zweiten Haus kam ein Gekläffe und Gebelle raus oder der Hund kam gleich bis zum Zaun gerannt und hat mir sein Gebiss gezeigt. Wobei Zaun an dieser Stelle so was von untertrieben ist! Und da mich natürlich niemand hier in der Straße kannte, sondern ich ja nur der große Unbekannte war, wurde ich von Herrchen und Frauchen auch musternd und misstrauisch beäugt. Aber nichts desto trotz habe ich meinen Weg zum Einkaufszentrum gefunden. Als erstes bin ich in den Supermarkt, denn schließlich wollte ich mir noch ein paar amerikanische Köstlichkeiten holen – auch für die kommenden Tage, denn im Big Apple wird es wohl ein bisschen teurer sein, wie hier draußen in New Jersey. Anschließend ging ich dann noch kurz in die Drogerie, wo ich mir Duschgel und Zahnpasta gekauft habe. Die Zahncreme hier ist einfach der Hammer. Und so bin ich dann glücklich und zufrieden an diesem sommerlichen Abend wieder zurück marschiert. Nicht zu vergessen die legalen Drogen, die man hier bekommt. Und so stand ich also vor dem Regal, voll gestopft mit Medikamenten. Ich packte gleich zwei Packungen „Pain Relive – extra strong" ein. Wahnsinn! Ich hoffe, dass die Tabletten auch das halten, was sie versprachen. Als ich wieder zu Doris und Steve kam, stand Doris auch schon in der Küche und begann das Abendessen vorzubereiten: Schweinelende mit einer Apfelsauce und Gemüse. Als Nachtisch, dachte ich, gibt es bestimmt wieder Eis und Kaffee – und ich hatte Recht! Manches ändert sich einfach nicht – und das ist gut so. Lecker!!! Steve saß vor dem Ferneseher und schaute sich irgendwelche Sportsender an. Doris hatte mir ja schon geschrieben, dass er in den letzten Monaten immer vergesslicher wurde.

Ich habe Doris dann ein bisschen in der Küche unter die Arme gegriffen und wie immer den Tisch gedeckt. Geschirr und Gläser standen noch immer da, wo sie beim letzten Mal auch standen. Und dann gab es endlich etwas zu Essen! Der Duft ließ mir schon eine ganze Weile das Wasser im Mund zusammenlaufen. Und ich habe es eindeutig mal wieder übertrieben, denn wie ich nun mitteilen kann, habe ich zu viel gegessen. Aber es war doch sooo lecker! Beim Abwasch habe ich auch geholfen wie sich das mit feinen Manieren gehört – sprich Spülmaschine einräumen und zumachen. Fertig. Alt wurde ich heute Abend nicht, denn ich bin gegen acht Uhr unter die Dusche und dann auf mein Zimmer. Und nach diesen gefühlten zwanzig Seiten Tagebuch schreiben, drückt es mir nun die Augen zu - das Zeichen für Licht aus - Gute Nacht.

Andre fiel ins Bett und hätte es beinahe nicht einmal mehr geschafft, die Nachttischlampe auszuschalten, so verdammt müde war er gewesen. Aber diese Nacht hatte für ihn nur gut begonnen, denn plötzlich schreckte er auf. Irgendetwas hatte ihn aus dem Schlaf gerissen. Zunächst blickte er auf den Wecker, der ihm eine Zeit zwischen ein und zwei Uhr nachts anzeigte. Dann drehte er sich auf die andere Seite und zog die Decke bis zum Hals, obwohl es Sommer war. Und dieses Spiel setzte er dann die ganze Nacht bis in die frühen Morgenstunden fort. Gerädert blickte er dem neuen Tag entgegen, als das erste Licht des Tages durch die schmalen Ritze der Lamellen ins Zimmer drang. Erst der Wecker riss ihn dann aus seinem einigermaßen erholsamen – wenn auch kurzem – Schlaf.

Reisetagebuch Tag 8 und 9 – New Jersey
Was macht man, wenn man jemandem nichts sagen will, aber eigentlich was sagen muss, weil man nach einem Grund gefragt wird. Klingt wirr, ich weiß. Des Rätsels Lösung heißt: Lüge, wobei das ziemlich krass klingt. Daher würde ich es lieber eine „Notlüge" nennen – das mildert es einfach ein bisschen ab - finde ich zumindest. Nun, ich habe mir überlegt, dass ich meinen Verwandten erzähle, dass ich geschäftlich nach New York gekommen bin, da ich meinen Chef auf einer Vertriebsreise begleiten darf und nun aber schon zwei Tage früher angereist bin, um noch einen Abstecher bei ihnen vorbei zu machen. Klingt plausibel.

Doris und Andre standen in der Küche, während es sich Steve im Wohnzimmer bequem gemacht hatte. Die beiden unterhielten sich über dies und das. Und beim gemütlichen Plausch wog Doris das Mehl und die Butter ab, holte den CreamCheese aus dem Kühlschrank und legte sich nach und nach alle Zutaten bereit, die sie für den Kuchen benötigte. Sie wusste, dass Andre ein Fan von Käsekuchen war und so backte sie ihm einen – ganz frisch. Liebevoll kippte sie das Mehl in die große Schüssel und gab die Butter, das Ei sowie Zucker und eine Prise Salz hinzu. Statt alles mit der Rührmaschine zu verkneten, tat sie dies mit der Hand. Es hatte fast den Anschein, als knete sie bei jedem Griff ein Stück Liebe in den Teig. Andre vergaß teilweise sogar die Fragen die sie ihm stellte und auf eine Antwort wartete, da er so fasziniert vom Kneten des Teiges war und hin und wieder nur in die Teigschüssel starrte.

„So tell me, how is the familiy in Germany doing?", fragte Doris beiläufig.

Wieder war Andre geistesabwesend und starrte statt zu antworten einfach auf die zweite Schüssel, in die Doris mittlerweile die Quarkmasse angefangen hatte zusammenzurühren. Als Doris dann ihre Frage wiederholte, bekam sie auch eine Antwort.

„Well, the familiy is doing fine.", gab er zurück und fügte innerlich noch ein "but not all!" hinzu.

Andre begann einfach von seinem Job zu erzählen. Von den netten Kolleginnen und Kollegen, die er hatte und was er so alles machte. Er wollte einfach auch ein bisschen vom Thema ablenken. Nicht dass noch peinliche Fragen aufkamen oder er sich womöglich verplapperte und seine Tarnung noch aufflog.

Doris währenddessen hatte die Backform ausgebuttert und drückte den Teig in die Form. Dann kippte sie mit einer Engelsgeduld die Schüssel mit der Käsemasse hinein und die zähflüssige Masse lief geschmeidig in die Form und verteilte sich auf dem rohen Teig. Nun schob sie den Kuchen in den Ofen und schloss die Backofentür.

Zur Entspannung und um die Unterhaltung über die Familie aus Deutschland fortzusetzen nahmen Doris und Andre auf der Veranda Platz. Andre hatte teilweise schon Müh und Not, den Themen Gesundheit und vor allem was ihn betraf gerade noch so auszuweichen. So wie es aber schien, hatten Doris und Steve den Braten von der Geschäftsreise und der früheren Anreise geschluckt, denn es kamen keine weiteren Fragen dazu. Ganz im Gegenteil: Doris freute sich riesig über den spontanen Besuch von Andre. Und darum war sie extra noch ins Einkaufen gefahren, um die Zutaten für den Cheesecake zu holen. Das hätte Andre beinahe die Tränen in die Augen getrieben. Nicht schon wieder, dachte er vor sich hin. Und auf einmal kam ihm der Käsekuchen vor wie eine Henkersmahlzeit. Apropos Käsekuchen, schoss es ihm plötzlich durch den Kopf. Und keine Minute später standen die beiden – Doris und Andre – in der Küche vor dem Backofen und schauten durch die Scheibe hinein. Das Ergebnis konnte sich sehen lassen. Wenn der Kuchen jetzt auch noch so schmeckte, wie er aussah und roch, dann wäre es perfekt. Und es war perfekt. Nun konnte es Andre kaum noch erwarten, bis Doris den Kuchen aus der Form herauslöste und er ein wenig abgekühlt war, so dass man ihn auch gleich anschneiden konnte. Lauwarmer Käsekuchen – Andre lief das Wasser schon regelrecht im Mund zusammen. Doch er musste sich noch leider fast eine halbe Stunde in Geduld üben, bis es endlich soweit war. Aber dann folgte ein Geschmackserlebnis: Er biss in lauwarmen Kuchen. Und er schmeckte einfach köstlich, wie Andre neidlos anerkennen musste. Er hätte gerne zugeschlagen aber heute Abend gingen sie aus und da musste schließlich noch ein Plätzchen in seinem Bauch frei sein. Auch Steve wurde vom Duft angezogen und gesellte sich dann ebenfalls in der Küche zu seiner Frau und Andre.

Doris wollte mir eine große Freude machen und backte mir einen einen American Cheesecake. Ich liebe American Cheesecakes – und zwar in sämtlichen Variationen!

Wir gingen heute Abend in dieses schnuckelige, kleine Restaurant. Doris hatte mich noch gefragt, was für einen Wein ich drinken wolle. Hä?, was fragt sie mich das jetzt, hab ich gedacht und um nicht dumm zu sterben habe ich sie auch gleich gefragt, warum sie das jetzt schon wissen wolle, denn wir sind ja noch nicht einmal dort. Die Antwort hat mich verblüfft: Es gibt hier in den Staaten – vielleicht nicht in allen Bundesstaaten – aber zumindest hier Restaurants, die haben keine Lizenz, Alkohol zu verkaufen, wohl aber ihn auszuschenken. Das bedeutet, man bringt seinen Alkohol mit ins Lokal und gibt das Fläschchen mit dem guten Tröpfchen dem Kellner und der öffnet dann die Flasche und schenkt einem ein. Crazy, oder? Aber irgendwie fand ich das auch cool. Es gab dann Rotwein. Und was ich dann zum Brüllen fand war, dass es hierfür sogar aus Stoff Flaschen-

träger gibt, damit man die Flasche nicht offen ins Lokal tragen muss, sondern fast sehr diskret das verbotene Objekt mit sich an den Platz nimmt. Wahnsinn! Und das Essen dort war lecker! Man könnte sagen, dass ich mich überfressen habe. Zumindest tut mir der Bauch weh. Könnte natürlich in meinem Fall auch andere Ursachen haben. Klar. Um es für die Nachwelt festzuhalten: Als Vorspeise hatte ich eine Art italienisches Carpaccio aus Gurke, Mozzarella, Tomate mit einem Dressing und Brot. Als Hauptgang hatte ich die Pasta mit Erbsen und Wodka-Sauce. Und das Dessert war ein Stück Cheesecake. Dann war ich kugelrund und schien fast zu platzen. Allerdings muss man dazu sagen, dass ich in den Genuss der Hauptspeise zweimal kam. Einmal beim Essen und einmal beim Kotzen, denn nach dem Hauptgang musste ich mal kurz die sanitären Einrichtungen aufsuchen und da kamen die Erbsen wieder als grünlicher Brei aus mir herausgeschossen. Schade eigentlich. Dafür blieb der Käsekuchen von heute Mittag drin. Immerhin etwas.
Morgen heißt es dann Abschied nehmen. Wenn doch morgen nur schon übermorgen wäre…

Am nächsten Tag hieß es dann auch schon wieder Abschied nehmen. Andre wollte nicht zu viel Zeit hier in New Jersey verbringen, so gerne er unter anderen Umständen auch noch hier geblieben wäre. Aber er wusste einfach nicht, wie leicht oder wie schwer ihm hier alles fallen würde. Ob er seine Tarnung vielleicht verlieren würde und vor allen Dingen, wie schwer es sein würde, von lieben Menschen Abschied zu nehmen, ohne ihnen zu sagen, dass es das letzte Mal sei, dass man voneinander Abschied nahm. An diesem Punkt war Andre schwach – und das wusste er nur zu gut. In Spanien hat es ja noch einigermaßen passabel geklappt.

Reisetagebuch Tag 10 – New York
... ich weiß nicht, wie ich den heutigen Tag überstehen soll. Abschied. So ein Mist. Am liebsten würde ich den Kofferpacken, auschecken und mich auf und davon machen. Aber das funktioniert wahrscheinlich nicht.

Andre quälte sich aus dem Bett und schlurpte die Treppe nach unten in die Küche. Schon auf halbem Weg stieg ihm der Duft des frisch gebrühten Kaffees in die Nase. In der Küche warteten Doris, Steve und der gedeckte Frühstückstisch auf ihn. Andre nahm Platz und genoss das leckere Frühstück, mit allem was er sich nur vorstellen konnte: Muffins, Bagels, Rührei, Kaffee, Saft, Peanutbutter und Marmelade, ja sogar Salami fand sich auf dem üppig gedeckten Tisch. Mit großen Augen begann Andre sich über die Leckerein herzufallen. Doris schenkte ihm den duftend heißen Kaffee ein und Andre nahm den ersten Schluck um seine Lebensgeister zu wecken.
Nach dem feudalen Frühstück machte sich Andre dann wieder auf in sein Zimmer, um seine Koffer zu packen. Mit jedem Blick, den er durch das Zimmer schweifen ließ, fiel ihm der Abschied schwerer. Ein Anflug von Melancholie und Trauer brach über ihm herein und am liebsten hätte er angefangen zu heulen. Aber er musste sich zusammenreißen und so wischte er sich die wohl verirrten Tränen ab, die ihm schon in die Augen gestiegen waren. Nun hieß es Zähne zusammenbeißen und durch – und so packte Andre seinen Koffer, Umhängetasche, Mütze und Jacke, ehe er

die Treppe nach unten ging, alles abstellte und dann in die Küche ging, wo Doris und Steve den Frühstückstisch aufräumten und die Spülmaschine befüllten. Andre konnte nicht mehr bei sich halten und was bis vor kurzem noch verirrte Tränen waren kullerte schon vermehrt über seine Wangen. Verdammte Scheiße, schoss es ihm durch den Kopf, ich wusste, dass so etwas passieren wird! Er nahm Doris in den Arm und drückte sie fest und liebevoll. Er drückte sie heute zum letzten Mal, kam es ihm wieder in den Sinn, worauf die Tränen noch mehr aus ihm heraussprudelten. Dann wandte er sich Steve zu und auch hier war die Reaktion während der Umarmung die gleiche.

„Is everything fine with you?", fragte ihn Doris mit einem liebevollen Blick, wie eine Oma wohl ihren kleinen Enkel anblickte, der weinend vor ihr stand, wenn er sich das Knie gestoßen hatte.

Andre wich mit einer lapidaren Antwort aus, dass er dies immer habe, wenn es um Abschied gehe, schluchzte er.

„But we will see you soon. You can visit us next year, again!", fügte Doris hinzu.

Wenn es doch nur so wäre, schloss Andre in seinen Gedanken an. Dann schaute er auf die Küchenuhr und fing an ein bisschen zu drängen, denn schließlich war sein Alibi, dass sein Chef heute landen würde und er ihn am Flughafen abholen wolle. Und so liefen alle drei zur Tür. Steve trug ihm den Koffer bis zum Auto und Doris überreichte ihm noch ein Tasche, die er verwundert entgegennahm.

„It´s a lunch box and a small gift.", sagte sie.

"Thank you so much for being my host and for everything! Take care of you!"

„You, too.", kam es von den beiden zurück.

Dann stieg Andre in den Wagen, schloss die Tür und fuhr los. Er winkte zum Abschied und blickte noch einmal zu den beiden, die auf der kleinen Rasenfläche vor dem schnuckeligen kleinen Häuschen standen und ihm hinter her blickten. Andre bog um die Ecke. Wilde Gedanken rasten ihm immer und immer wieder durch den Kopf: Warum hatte er nicht den Mut gehabt, ihnen die Wahrheit zu erzählen? Sollte er zurückfahren und ihnen die ganze Geschichte erzählen? Er spürte wie ihm heiß und kalt zu gleich wurde. Der Tränenfluss versiegte – immerhin etwas. Dann spürte er seinen Herzschlag, der schon fast einem Hämmern glich. Durch seinen Körper jagte Adrenalin, was ihn pushte und ihn für einen Moment die Schmerzen vergessen ließ. In seinen Gedanken war er immer noch bei Doris und Steve.

Das GPS lotste ihn mehr recht als schlecht wieder in Richtung „Big Apple". Er hasste das Autofahren und vor allem hasste er die Automatikschaltung. Aber nach fast einer Stunde hatte er es geschafft und näherte sich Schritt für Schritt der Weltmetropole. Es herrschte zwar noch keine Rush-Hour, aber der Verkehr vor dem Holland-Tunnel ließ dies vermuten. Im zähfließend-stockenden Verkehr folgte er der Straße, die in einer Spirale nach unten führte und dann geradewegs in den Tunnel mündete. Ein letzter Blick auf die Skyline von New York City, dann passierte er die Schwelle, die ihn unter dem Hudson hindurch führte. Unendlich weit kam es ihm vor und die Neonstäbe und Lichter, erinnerten ihn an einen schlechten Hollywoodfilm, der hier gedreht worden sein könnte. Und dann versagte auch noch das Autoradio seinen Dienst und so kam nur noch ein atonal unrhythmisches Rauschen aus den kleinen Boxen. Hier unten war Andre nun allein in seinem Mietwagen, eingereiht zwischen Hunderten von Autos und Bussen. Aber vielleicht bot ihm dies die nötige Auszeit, um etwas herunter zu kommen und sich vom Trennungsschmerz zu erholen. Apropos Schmerz – kaum hatte Andre daran gedacht, meinte er auch wieder die Schmerzen in der Seite wahrzunehmen. Und da er eh bremsen musste, kramte er in seiner Tasche herum und holte sich seine Tabletten heraus. Eine halbe sollte reichen, dachte er vor sich hin, als sein Blick von der Schlange der roten Lichter vor ihm auf den Blister in seiner Hand und er sich die Tablette heraus drückte, halbierte und dann eine Hälfte davon wieder verstaute. Kaum hatte er die andere Hälfte im Mund, drängte ihn auch schon ein Hubkonzert zum Weiterfahren. Und nach etlichen Stopp-and-Goes erreichte er die andere Seite und erblickte erneut wieder das Tageslicht. Und so betete Andre zum Gott und Erfinder des GPS, dass ihn dieses nun sicher und unbeschadet zum Hotel beziehungsweise in die Tiefgarage oder das Parkhaus des Hotels geleiten möge.

Nach der anstrengenden Fahrt mit dem Auto durch New York City oder besser gesagt Manhattan, war er froh, als er endlich den Autoschlüssel herumdrehen konnte. Nach einem tiefen Atemzug stieg Andre aus, holte seinen Trolley aus dem Auto und machte sich auf zur Rezeption des Hotels. Auf dem Weg dahin hoffte er inständig, dass er bereits einchecken konnte, denn so könnte er sich noch eine knappe Stunde auf's Ohr legen, bevor er auch schon wieder weiter musste, denn es erwartete ihn heute Mittag noch ein Highlight: Ein kurzer Rundflug mit dem Helikopter.

Ein Kribbeln durchzog Andre´s Körper, das sich letztendlich in seiner Magengegend sammelte. Er musste auch zig Mal die Toilette aufsuchen. Das konnte aber nicht am enormen Konsum an Wasser liegen, dachte er vor sich hin, als er sich die Hände wusch. Dann setzte er sich in der kleinen Hütte am Ufer des Hudson River und wartete mit den anderen Passagieren, bis man endlich seinen Namen aufrief und er nach draußen zur Start- und Landeplattform begleitet wurde, wo dann hoffentlich der Helikopter wartete und ihn für zehn Minuten in Schwindel erregende Höhen transportieren würde. Er musste schon wieder auf die Toilette. Das konnte unmöglich sein. Und gerade als er die Tür öffnen wollte, rief man seinen Namen. Halten oder Pinkeln. Mist, dachte er, entschied sich für Halten und drehte sich um. Dann lief er geradewegs zu dem Mitarbeiter an der Tür, der ihn und drei weitere Passagiere mit nach draußen nahm. Und da stand er: ein schwarzer auf Hochglanz polierter Helikopter, dessen Rotorblätter sich im Lärm drehten. Andre folgte den anderen und duckte sich, je näher er dem Vogel kam, denn das taten schließlich die Helden im Film auch und außerdem war es cool – sicherlich war es das. Im Innern bekam jeder einen Kopfhörer auf und musste sich anschnallen. Nach ein paar Instruktionen begannen sich die Rotorblätter immer schneller zu drehen und mit einem Ruck hob der Hubschrauber vom Boden ab und Andre schien das Herz in die Hose zu rutschen. Dann folgte ein kalter Schauer, der ihm den Rücken hinunter lief. Jetzt gab es kein zurück mehr! Und so schwenkte der Pilot das fliegende Gefährt nach oben. Kurs: Ellis Island. Im Rausch der Geschwindigkeit, schien die Freiheitsstatue schell auf sie zuzurasen. Mit Blick auf Ground Zero und den Battery Park Downtown von Manhattan leitete der Pilot nun auch schon die

Kurve ein, die nach einem Bogen wieder in Richtung Landeplatz mündetet. Andre war auf der einen Seite begeistert, auf der anderen Seite froh, wenn es zu Ende war, denn es war eine sehr holprige Fahrt und er konnte nicht deuten, ob dies ein gutes oder schlechtes Zeichen war.

Kaum war der Helikopter gelandet, kam auch schon ein weiterer Mitarbeiter des Veranstalters, der Andre und die anderen in Empfang nahm und zurück in das Wartehäuschen lotste. Drinnen angekommen, stürmte Andre als erstes zur Toilette, wo er sich nicht nur durch Wasserlassen erleichterte, sondern gleich auch noch um den Mittagssnack.

Reisetagebuch Tag 11 – New York
Es waren ziemlich viele Matrosen rund um den Hafenbereich zu sehen. Ich war etwas verwundert, was dieser Massenauflauf soll. Rüsteten sich die USA für einen Krieg? Habe ich womöglich etwas verpasst, das in der Welt vor sich ging? Und wenn schon. Sollen sie doch alle Krieg spielen – mir kann das egal sein, denn ich werde von diesem Krieg wohl nicht mehr all zu viel mitbekommen.
Nachdem ich aus dem AmericanDiner wieder auf die Straße heraustrat, lief ich zum Kai, wo das Schiff für die Bootstour in knapp 20 Minuten ablegte. Es war zum Glück nur ein Block zum Hafenbereich des Hudson. Immer mehr Matrosen kreuzten meinen Weg. Und dann bemerkte ich es: im Hafen, neben der Bootanlegestelle lag ein riesiges Schiff vor Anker. Wobei das so auch nicht stimmte, wie ich dann herausbekam. Dieses Seemonster ist ein Museum und in den nächsten Tagen ist irgendeine Bootsschau der Marine oder NAVY oder weiß der Geier von wem. Und für dieses Highlight kommen nun Schiffe von überall her und daher auch die vielen Matrosen, die hier in Grüppchen durch die Gassen von New York City stiefeln und sich unter die geschäftigen New Yorker mischen.
Ich habe mich dann in die lange Schlange eingereiht um meine Karte zu kaufen. In Europa fast undenkbar und in Deutschland würde man wohl gleich explodieren, wenn es nicht vorwärts ging. Aber hier stand man einfach an und wartete – Punkt. Und nachdem ich mein Ticket gelöst hatte, reihte ich mich in die nächste Schlange ein. Nicht zu vergessen die Sicherheitskontrolle. Als wir dann endlich nach und nach auf das Schiff durften, versuchte ich, mir noch einen Sitzplatz an Deck zu ergattern, denn schließlich wollte ich ja den herrlichen Blick

genießen und falls sich die Sonne zeigen sollte, auch noch den ein oder anderen Sonnenstrahl auf meiner Haut spüren, ehe sie bald in einsachzig Tiefe in einer Holzkiste verrottete. Und Fortuna war mir an diesem Tag wohl besonders gnädig. So konnte ich bei der Hinfahrt einen Blick Richtung New Jersey werfen.

Als sich das Touri-Schiff dann endlich in Bewegung setzte, spürte ich auch schon den kühlen Luftzug, wie er mir ins Gesicht blies und eine Brise entgegenwehte, die typischer nach Hafen nicht riechen konnte. Es lässte sich schwer beschreiben, aber es roch nach Salz, Moder, fast stehendem Wasser, Meer und was weiß ich noch allem. Und so saß ich nun da, stützte meinen rechten Ellenbogen auf der Reling ab und blickte einfach über den Hudson-River in die Ferne. Ebenfalls auf dem Deck war ein junges Pärchen. Er behandelte sie wie eine „Bitch" und sie ignorierte ihn einfach und beschäftigte sich mit des Menschen liebstem Spielzeug des einundzwanzigsten Jahrhunderts – dem Handy. Ich verstand nicht viel was er zu ihr immer sagte, aber das lag weniger daran, dass ich der Sprache nicht mächtig war, sondern dass der Kerl lallte. Hatte sich wohl ein paar Bierchen zuviel hinter die Kiemen gekippt.

Dann fuhr das Boot um Manhattan Downtown herum und ich konnte einen Blick auf den Battery Park erhaschen. Auf dem Rückweg würde ich das genauer in Augenschein nehmen. Meine Aufmerksamkeit galt einer ganz anderen Sache – einer Frau, die einfach nur dastand und eine Fackel in den Himmel streckte. Majestätisch und erhaben – mehr fiel mir in diesem Moment nicht ein. In der Ferne erblickte ich dann ein Brücke, die mich an die Goldengate-Bridge erinnerte, obwohl ich diese eigentlich noch nie in echt gesehen habe.

In der Nähe der Brooklyn-Bridge, legten wir dann an. Hmmm?, dachte ich, warum machen wir hier einen Stopp? Plötzlich erblickte ich dann einen der Besatzung, der mit einem blutverspritzen Hemd an Deck herauf kam. Meine Güte, schoss es mir durch den Kopf: der Typ mit der jungen Lady ist vorhin unter Deck, als wir in der Nähe des Battery Parks fuhren. Ob es da wohl unter Deck ein Blutbad gegeben hatte? Und kaum dass wir hier angelegt hatten, bemerkte ich auch die bereits wartenden Rettungskräfte und Polizeibeamten. Wow. Wäre hier oben was passiert, hätte es auch mich treffen können, dann wäre ich vielleicht nicht rechtzeitig zum Sterben wieder zu Hause gewesen. Jetzt kann ich noch scherzen. Ich bemerke gerade, wie sich das Schiff zur Seite neigt.Liegt wohl daran, dass die ganzen Touris hier an Bord noch ein Bild von dem Kerl knipsen wollen, wenn ihn die Beamten abführen. Womöglich das ganze gleich per Smartphone posten. Nur gut, dass ich auf der richtigen Seite sitze. Naja, ich hol dann auch mal noch kurz meinen Foto raus...

Als eine Person mit Blut verschmiert von Bord ging, musste eine der jungen Damen sich über die Reling erleichtern. Andre hoffte inständig, dass es bei ihm noch ein bisschen halten würde, bis er wieder im Hotel war. Er wollte ungern hier die Fische füttern oder Objekt von diesen Touristen werden und dann vielleicht im gleichen Zug wie der Mann auf irgendwelchen Seiten im Internet gepostet werden.

Von der Anlegestelle bis zum Hotel war es noch ein gutes Stück zu Fuß, aber Andre entschied sich für diesen langen Marsch durch die Straßen von New York City.

Andre hatte zu dem Straßenschild hinaufgeblickt, doch er konnte sich acht Schritte später schon nicht mehr daran erinnern. Was war nur los mit ihm? Lag das alles an den Schatten in seinem

Körper, frage er sich und lief weiter. Schritt für Schritt drang ein fürchterlicher Geruch in seine Nase und breitete sich in seinen Lungenflügeln aus. Erst jetzt bemerkte er das Depot der Müllfahrzeuge auf der anderen Seite.

Ein erster Würgereflex machte sich bemerkbar, gefolgt von einen leichten Schwindel und einem stechenden Schmerz in der Seite. Andre´s rechte Hand krallte sich in die Maschen des Zaunes an dem er Halt suchte. Torkelnd wankte er noch ein paar Schritte weiter und setzte sich dann auf das kleine fast Knie hohe Mäuerchen. Er atmete tief durch und konzentrierte sich auf sich – oder er versuchte es zumindest. Diese Taktik hatte schon oftmals gewirkt und hoffte inständig, dass es dieses Mal ebenfalls funktionierte. Dann kramte er in seiner Tasche nach der kleinen

Wasserflasche, die er voll leerte. Nach ein paar weiteren Minuten erhob er sich langsam wieder und hielt sich aber sicherheitshalber noch immer am Zaun fest. Er fühlte sich schon sicherer. Das Beste wäre wohl, geradewegs ins Hotel zu gehen, sich eine Ladung Tabletten rein zu pfeifen und dann ins Bett zu liegen, schoss es in seinen Kopf. Und genau das tat er auch.

Reisetagebuch Tag 12 – New York
Eigentlich wollte Andre heute lieber den ganzen Tag im Bett bleiben, bei laufender Glotze Fern sehen und dabei schlafen, denn der gestrige Tag hatte ihm wohl etwas zu sehr zugesetzt. Er quälte sich ins Bad, wo er sich kurz im Spiegel betrachtete. Wäre Halloween gewesen, hätte er sich einen Teil der Schminke sparen können, denn seine Tränensäcke waren geschwollen und den Augen nach zu urteilen, musste er unter Schlafentzug leiden oder gerade auf einem Drogentrip sein. Aber er wollte nicht ins Bett liegen, auch wenn sein innerer Schweinehund ihm dies in seinen Kopf projizierte. Nein, er wollte heute raus. Wollte er das wirklich, fragte er sich, als er aus dem Bad kam und auf das Bett blickte? Es gab nur einen Weg dies herauszufinden: Tabletten einwerfen, raus gehen und sehen, wie lange er durchhalten würde. Und so schmiss er sich gleich zwei Tabletten ein, spülte diese mit einem Schluck Hahnenwasser aus dem Zahnputzbecher hinunter und machte sich dann langsam ans Anziehen.

Unten auf der Straße angekommen machte er sich nun zum nächsten Marathonmarsch durch die Straßen von New York City auf, um sein Ziel zu erreichen: das MOMA – das Museum Of Modern Art. Der Stadtplan besagte 11 West 53 Street. Ein letzter Blick auf den Plan, dann lief er los. Während des Laufens verstaute er den Stadtplan in seiner schwarzen Umhängetasche, denn schließlich sollte man ihm nicht ansehen, dass er zu den „Touris" gehörte.

Nach etwa einer guten halben Stunde stand Andre vor den großen Glastüren. Hier dahinter lag die Welt der modernen Kunst, die in aller Welt bekannt war und ist und er würde in wenigen Augenblicken in diese Welt eintauchen und sich dem Rausch von Farben, Formen, Bildern und Impressionen hingeben und sich davon treiben lassen. Vielleicht würde er ja auch ein Bild entdecken, auf dem Schatten zu sehen waren. Dann setzte er den rechten Fuß über die Schwelle und betrag das riesige Foyer des Museums. Zielstrebig schritt er auf die Kasse zu, stellte sich in die Schlange und wartete, bis er endlich an der Reihe war. Der letzte Satz der jungen Dame, die ihn bediente, ließ ihn aufhorchen. Hatte sie gerade fünfundzwanzig Doller gesagt, fragte er sich? Andre suchte im Bruchteil einer Sekunde nach einer Preistafel, um sich von dem horrenden Preis selbst zu überzeugen, doch er fand nichts. Erst nachdem er der Dame ein paar der grünen Geldscheine gereicht hatte, fand er einen Aufsteller, auf dem er hinter dem Wort „Adult" auch die Zahl „25" und das Dollarzeichen fand. Nachdem er dann bezahlt hatte folgte er zunächst dem Schild, das ihn zur Toilette lotste. Anschließend machte er sich dann mit dem Fahrstuhl auf nach oben in die Welt der Kunst.

Ich spüre, wie mein Kreislauf gerade in den Keller geht. Glücklicherweise habe ich mir eine kleine Cola eingepackt. Vielleicht pushed mich das ja ein bisschen. Es ist hier auch wirklich ein ständiges Auf und Ab. Draußen hat es gefühlte 40 Grad, die Luft ist stickig und ich schwitze an einem Stück. Kaum betrittst Du ein Gebäude ist es mindestens 20 Grad kälter, weil die Klimaanlage auf Hochtouren läuft. Ist ja kein Wunder, dass man hier den „Verrecker" bekommt. Nun ja, vielleicht ist es bei mir nicht allein der Temperaturunterschied von Drinnen und Draußen – es könnten auch noch andere Faktoren eine Rolle spielen. Nur gut, dass es hier auf jeder Ebene des Museums ein paar Bänke gibt, um seinen Beinen ein bisschen Erholung zu gönnen und die kreativen Eindrücke der großen Meister etwas setzen zu lassen. Und jetzt, da ich hier sitze und auf dieses immense Gemälde vor mir blicke wird mir auf einmal ganz schläfrig zu Mute. Ausserdem habe ich Schmerzen auf der Seite. Nicht gut. Aber ich werde es schon überstehen. Irgendwie. Warum eigentlich plagen lassen. Ich schmeiß mir jetzt noch eine von diesen „extra strong" Superdrogen ein und dann geht's auch schon wieder weiter. Vielleicht kommen bei diesem Besuch auch noch mehr Schnappschüsse heraus, wie ich vorhin das Glück hatte: Ich weiß nicht wer der Maler dieses Werkes ist, aber sein FKK-Bild hat mich spontan dazu inspiriert, eine wildfremde Person anzusprechen, ihr meinen Foto in die Hand zu drücken und mich dann vor dem Gemälde in entsprechender Pose aufzustellen. Auf dem Bild hat es nun den Anschein, dass ich mit den Nackenden umher springe. Ich nenne diesen meisterhaften Schnappschuss: „Der, der mit den Nackten tanzt". Genial. Aber die Dame hat ja auch so lange rumgemacht, bis ich endlich „Cheese" gesagt und ein Lächeln aufgesetzt hatte, obwohl es mir eigentlich nicht zum Lachen war. Aber im Nachhinein, wenn ich so das Resultat betrachte, muss ich sagen, dass ich mit einem Lachen im Gesicht mich gar nicht mehr so schlecht fühle. So langsam wirkt nun auch die Tablette. Vielleicht sollte ich mich einfach von Bank zu Bank weiter vortasten, so dass ich *wenigstens noch den Rest des Museums erkunden kann, bevor sie schließen.*

Mit einem Wirrwarr aus Farben und Formen verließ Andre nach fast drei Stunden das MOMA wieder. Er war geplättet und wusste nicht, wie er seine Kräfte jetzt mobilisieren sollte, so dass er es bis zum Hotel schaffte. Doch als er an einem der Läden vorbeikam, die auch Medikamente verkauften, packte er die Gelegenheit beim Schopfe und betrat den Shop. Zielstrebig suchte er nach den Schmerzmitteln und fand hier sogar eine Packung, die ebenfalls die Aufschrift „extra strong" aufgedruckt hatte. Davon nahm er dann gleich zwei Stück mit. Beim Stöbern fand er auch noch Tabletten, die Koffein enthielten. Auch davon packte er gleich eine Packung ein. Der junge Mann an der Kasse musterte ihn, als er seine Beute auf das Band legte, doch das

Bekümmerte ihn wenig, denn mit sehr hoher Wahrscheinlichkeit sah er diesen Mann nie wieder in seinem Leben. Es sei denn, die Tabletten wären so super, dass er sich vor der Heimreise hier noch einen größeren Vorrat zulegen würde.

Als Andre aus dem Laden trat, schien es ihm, als liefe er gerade gegen eine Wand aus Abgasen, Lärm und Gedränge. Dies machte den beschwerlichen Weg zurück zum Hotel nicht gerade einfacher. Er spürte, wie sich sein Schwindel zurück meldete. Gerade noch rechtzeitig konnte er sich zur Hauswand durchboxen und abstützen, damit er nicht fiel oder gar stürzte.

Und so erreichte Andre nach einem längeren Fußweg sein Hotel. Er fuhr geradewegs mit dem Lift nach oben, betrat sein Zimmer und warf sich auf das Bett. Am liebsten wäre er einfach liegen geblieben, aber er wollte auf alle Fälle noch eine der neu gekauften Tabletten einwerfen. Und so rappelte er sich mehr recht als schlecht auf und nahm noch eine der weißen Pillchen, die auf der Schachtel das „extra strong" aufgedruckt hatten. Ihm war mittlerweile so schlecht, dass er befürchtete, seine tägliche Brechaktion womöglich jetzt schon einsetzen konnte, noch bevor die Tablette wirken konnte. Mit letzter Kraft zog er den Vorhang und die Übergardinen zu. Dann streifte er sich die Schuhe ab und legte sich ins Bett. Es war Andre schlagartig zum Sterben zumute.

Reisetagebuch Tag 13 – New York

Andre blickte in seine Geldbörse und stellte mit erstaunen fest, dass die grünen Scheine langsam immer mehr schwanden. Doch wenn er schon einmal hier war, wollte er es sich nicht nehmen lassen, noch einmal vom Top des Rockefeller Centers auf den

Central Park und das Empire State Building zu blicken. Und so nahm er das Ticket entgegen und reihte sich in die Warteschlange vor dem Lift ein. Auch hier gab es wie fast überall in den USA Sicherheitsschleusen. Er erinnerte sich an ein Museum, das er vor Jahren besucht hatte: damals hatte ihn verwundert, dass man nicht noch eine Leibesvisitation durchgeführt hat, bevor man eintreten durfte. Oder strahlte er vielleicht einen Selbstmordblick aus? War er von einer Selbstmordaura umgeben?

Zehn Leute kamen runter und dafür fuhren zehn wieder hinauf. Endlich erreichte auch Andre die Besucherplattform. Kaum aus dem Fahrstuhl getreten, befand er sich auch schon im Souvenirshop des RC.

Nun sitze ich hier in Hundert (?) Meter Höhe und blicke auf die Dächer der Stadt, die eigentlich niemals schläft. So ein Schwachsinn! Irgendwann schläft auch NYC oder etwa nicht? Wenigstens spielt das Wetter einigermaßen mit und es regnet nicht. Vielleicht quatsche ich wieder einmal ein paar der Touris an, ob sie ein Bild von mir machen, andernfalls muss ich mal wieder ein Bild von mir selbst machen – Gott sei Dank hat jemand dafür ein Wort erfunden: Selfie. Von der einen Seite der Plattform kann ich bis hoch hinauf zum Central Park blicken. Atemberaubend. In diesem Flecken Grün bin ich auch schon einmal umhergeirrt. Und auf der anderen Seite reicht der Blick bis zur Freiheitsstatue. Von hier sieht die Brücke dort unten tatsächlich aus, wie die Goldengate-Bridge. Vielleicht war das ja der gleiche Architekt. So, jetzt geht es weiter zum Bildermachen und dann sause ich mit dem Fahrstuhl auch wieder nach unten. Den Abschluss wird dann die im Winter aufgebaute Eisfläche am

Füße des RC bilden oder die Statue mit der Weltkugel. Der Name fällt mir gerade nicht ein. Macht auch nichts.

Als Andre dann sein Tagebuch wieder in der Umhängetasche verstaut hatte, machte er sich auf, eine Runde zu drehen und noch ein paar Fotos zu knipsen. Zuerst begann er den kleinen Rundgang auf der Aussichtsplattform in Richtung Central Park. Er lehnte sich an die Glasscheibe und versuchte ein paar Bilder vom Park zu schießen. Hin und wieder blickte er in die Tiefe, die vor ihm lag und ließ seinen Blick über die unter ihm liegenden Dächer der umliegenden Gebäude wandern. Zig Geräte von Klimaanlagen schauten ihn an und die Rotorblätter drehten sich unentwegt. Mit einem Ruck drehte er sich um. Der Ruck versetzte ihm einen Schwindel und Andre versuchte sich an der Scheibe abzustützen. Plötzlich packte ihn eine Pranke und drückte ihn gegen die gläserne Wand. Eine weitere Hand riss ihm den Foto weg. Andre konnte nicht realisieren, was gerade passierte. Zuerst schoss ihm der Gedanke eines Überfalls durch den Kopf, doch er konnte sich nicht wehren. Dann wurden seine Knie weich und er wollte gerade in sich zusammensinken, als eine weitere Hand nach seinen Schultern griff und ihn herum wirbelte. Alles drehte sich um ihn herum. Dann spürte er einen Schmerz, der seinen Körper vom Gesäß her durchzuckte. Auf einmal tauchte ein Gesicht vor dem seinen auf und jemand sprach ihn an, aber er war noch zu benommen, um zu verstehen, was man von ihm wollte. Als ein Schwung Wasser auf sein Gesicht traf, war er schlagartig hellwach. Um ihn herum standen Touristen und einer der Wachleute der Aussichtsplattform. Vor ihm kniete eine junge Frau, die seinen Foto in der Hand hielt. Seitlich daneben stand ein Mann, der fast als Double von Arnie hätte durchgehen können. Als Andre´s Blick auf dessen Hände fiel, erinnerte er sich auch für einen Moment wieder an den festen Griff, der ihn gepackt hatte. Die junge Frau sprach ihn noch einmal langsam an:

„Sir, are you OK?"

„Yes, yes. I´m fine."

„Are you sure?"

„I just need a moment to rest.", gab Andre zurück, obwohl er nicht wusste, ob ein Moment tatsächlich reichen würde.

Nach und nach löste sich nun auch die kleine Menschentraube, die sich um ihn herum gebildet hatte. Als die Frau ihm seinen Foto zurück gab, blickte er sie so freundlich wie möglich an und ein „Thank you" kam ihm über seine Lippen. Dann verabschiedete sich auch das junge Pärchen und setzte seinen Rundgang fort. Andre atmete noch ein paar mal tief ein und aus, dann kramte er in seiner Tasche nach seiner Wasserflasche, doch er fand keine.

„Fuck!", platzte es aus ihm heraus und die wenigen Besucher der Aussichtsplattform, die in Reichweite standen blickten ihn an. „I need water to take my tabletts!", sagte er und zog eine Schachtel mit Arznei heraus.

Von links wurde ihm ein Plastikbecher mit Wasser hingestreckt. Als Andre aufblickte und dem Arm folgte, der den Becher hielt, blickte er schließlich in das Gesicht des Wachpersonals. Dankend nahm er den Becher entgegen und schluckte eine der Tabletten hinunter. Das war es dann wohl mit der Aussichtsplattform, dachte er und blieb noch einige Minuten sitzen und blickte starr auf das Hochhaus, das in seinem Blickfeld war.

„Es könnte schlimmer kommen. Es könnte regnen!", sagte er vor sich hin und kippte den letzten Schluck Wasser hinunter.

Langsam packte er seine Tasche, warf den Becher in den Mülleimer und reihte sich dann in die Schlange ein, um mit dem Lift wieder nach unten zu fahren. Kaum setzte sich der Fahrstuhl in Bewegung, durchzuckte es ihn und er fühlte sich, als versage die Schwerkraft seines Magens. Er schloss die Augen und versuchte sich auf irgendetwas zu konzentrieren, nur um sich abzulenken, damit er die Fahrt nach unten heil überstand und sich nicht auch noch übergeben musste.
Unten angekommen, bahnte er sich so schnell er nur konnte einen Weg durch die Menschenmassen und raus aus dem Gebäude.

„Frische Luft!"

Andre blieb vor dem Gebäude stehen und blickte nach oben gen Himmel. Er hatte es geschafft, er war wieder unten.

Auch der Weg vom Rockefeller Center zum Hotel war müßig, denn Andre´s Beine waren noch immer zittrig. Von der Seventh Avenue aus bog er dann in die 51 St West Street - eine der kleineren Seitenstraßen – ein. Verlassen lag diese vor ihm.

Zielstrebig, so versuchte er durch diese menschleere Straße zu laufen, um am Ende wieder in eine der belebteren Straßen von New York zu gelangen. Andre konnte bereits die zunehmende Menschenmasse wahrnehmen, als seine Knie noch einmal nachgaben, es ihm wie mit einem Stich in die linke Seite fuhr und zu allem Überfluss auch noch Sterne vor seinen Augen anfingen zu tanzen. Andre prallte gegen die Hauswand, wo er versuchte sich abzustützen. Dann war es plötzlich dunkel um ihn herum.
Er wusste nicht genau, wie lange er hier schon lag, als er langsam wieder zu sich kam. Aber das heranfahrende Fahrzeug des Rettungswagens trieb seinen Blutdruck wieder nach oben.

„Fuck! So eine verdammte Scheiße!", entfuhr es Andre, der seinen Blick nicht von dem sich langsam werdenden Fahrzeug lassen konnte.

Die Sanitäter stiegen aus und kamen schon auf ihn zu. Einer der Männer in ihren leuchtenden Uniformen kniete sich neben Andre nieder und begann sich mit ihm zu unterhalten. Doch Andre wollte nicht. Als der zweite Sanitäter schon die Liege aus dem Auto holte und sie auf seinen Kollegen und Andre zu schob, da kam plötzlich eine Frau aus dem Eingang herausgerannt und fing sofort an, auf die beiden Männer einzureden. Wie wild deutete sie dabei nach oben. Schlagartig ließen die beiden Männer von Andre ab und scharrten sich um die junge Dame, die sie wohl auch angefordert hatte. Andre konnte nur bruchstückhaft die Unterhaltung mitverfolgen. Immer wieder hörte er die Frau „…four…four…four…" sagen, woraus er schloss, dass es wohl um den vierten Stock ging. Dann verschwanden die beiden Sanitäter auch schon im Haus. Die Dame folgte ihnen, doch bevor sie ebenfalls wieder durch die Tür verschwand, blickte sie kurz zu Andre. Sehe ich vielleicht wie ein Penner aus, fragte sich Andre und blickte der Dame nach. Zumindest war sein Blutdruck wieder einigermaßen oben durch diesen Schock. Dann rappelte er sich langsam auf und versuchte dabei stets, sich an der Hauswand hochzuziehen und abzustützen. Gerade als er in der Nähe der Tür war, wurde diese auch schon aufgerissen und das Rettungsteam kam mit der Liege herausgeeilt, auf der nun eine ältere Frau lag. Und ruckzuck waren alle im Rettungswagen verschwunden. Andre wollte diesen Schauplatz schleunigst verlassen. Kaum dass er um die Ecke auf die belebte Eighth Avenue gebogen war, die zum Theater District führte, entdeckte er das Schild eines Coffee-Shops. Geradewegs betrat er diesen, um sich mit einem ordentlichen Schluck Koffein wieder hochzupushen. Vor ihm stand nun endlich die Tasse und das Glas Tab-Water auf dem kleinen runden Tablett. Er nahm einen Schluck beziehungsweise nippte erst einmal an dem heißen und dampfenden schwarzen Gold, ehe er die Tasse zurückstellte. Dann stützte er sich mit beiden Ellenbogen auf dem Tisch ab und starrte von oben in die Tasse, wo er den Bewegungen des Kaffees zuschaute bis diese dann erstarben und die Oberfläche wieder zu einem schwarzen Spiegel wurde. Das wäre ja beinahe schief gegangen, ging es ihm durch den Kopf, während er in die Tasse starrte. Doch es half nichts, er musste und wollte ins Hotel. Er war so langsam am Ende seiner Kräfte. Er kippte den Kaffee hinunter und verließ dann den Coffee-Shop. Zurück auf der Straße machte er sich auf in Richtung Hotel.

Andre lief die 5th Avenue entlang und schon von weitem erblickte er sein Ziel: Tiffany´s. Und als er das Gebäude betrat, fühlte er sich in der Zeit zurückversetzt. Es kam im vor, als sei er im Film. Zunächst blieb er einen kurzen Moment stehen und schaute sich um, doch dann marschierte er auf die Aufzüge zu, die ihn in die oberen Etagen bringen sollten. Er wollte noch einmal einen Blick auf die legendären Objekte werfen. Noch einmal einen Blick hier und dorthin gleiten lassen. Und vielleicht gab es ja bei seinem heutigen Besuch die kleinen Karten mit den kleinen Umschlägen, die er vor Jahren eigentlich schon hatte kaufen und als Weihnachtskarten verwenden wollte. Doch mit Bedauern erklärte ihm die Verkäuferin in der siebten Etage, dass sie diese Karten schon seit etlichen Jahren nicht mehr im Programm hätten. Wieder war sein Weg umsonst gewesen. Und so fuhr Andre wieder mit dem Lift nach unten, schlenderte noch einmal durch die Halle, ehe er durch die Drehtür wieder nach draußen ging und sich wieder im hektischen Treiben der 5th Avenue befand. Was würden Frauen für diesen Spaziergang - einen Bummel durch Tiffany's - alles tun?, fragte sich Andre und seine Gedanken wanderten mit ihm die 5th Avenue hinunter.

Sein nächstes Ziel war ein Ort, wo er hoffentlich ein paar Minuten Ruhe fand, um sich zu entspannen und Kraft zu tanken: die Saint Patrick's Cathedral, die an der 5th Avenue lag, eingebettet zwischen der 50sten und 51sten Straße. Und so lief er im Trubel der Menschenmassen die 5th Avenue entlang in Richtung Downtown, bis diese sich mit der West 50th kreuzte, wo er auch schon sein Ziel zu seiner linken erreicht hatte. Andre blieb einen kurzen Moment andächtig vor der Fassade des Gotteshauses stehen, dann machte er sich die wenigen Stufen hinauf auf und betrat die Kirche. Kaum hatten sich die Türen hinter ihm geschlossen, kehrte plötzlich eine Stille ein, die er hier zwar gehofft hatte zu finden, aber sich nicht sicher war, ob er im Herzen einer Weltmetropole dies auch wirklich finden würde. Langsam schritt er auf dem Marmorboden entlang und setzte sich dann in eine der Reihen.

Lieber Gott, es ist schon komisch, dass ich zig Tausend Kilometer gereist bin und hier sitze ich nun und bete zu Dir. Das soll nicht heißen, dass ich bisher nicht gläubig war, aber – nun ja – Du weißt es ja, dass ich nicht jeden Sonntag in der ersten Reihe gesessen habe. Aber ich möchte Dir heute „Danke" sagen, dass ich die Reise soweit gut überstanden habe – mehr oder weniger. Ich würde mich freuen, wenn Du mir für die letzten Tage einen Engel an meine Seite stellen könntest, der mich begleitet und mich die letzten Tage, die ich auf der Erde verweilen darf ein kleines Stück weit mit begleitet. Ich weiß, dass ich hätte vielleicht früher zu Dir kommen können, aber ich spüre, auch wie die Angst vor dem Ende nun in mir zunimmt. Ein Engel. Wenn ich ihn sehe, dass ich weiß, das er oder auch sie es ist. Lieber Gott, ich danke Dir für die tollen Tage, die ich erleben durfte und die letzten Tage, die noch vor mir liegen. Danke.

Andre schloss sein Tagebuch und verstaute es wieder in seiner Tasche. Dann stand er auf und verließ die Bankreihe. Ein letztes Mal blickte er nach vorn zum Altarbereich, schmunzelte und drehte sich schließlich um und verließ die St. Pauls Cathedral.

Say goodbye

Reisetagebuch Tag 14 – New York - Frankfurt
Heute hieß es für Andre Abschied nehmen vom „Großen Apfel". Normalerweise packte er seinen Koffer ordentlich: legte alle Klamotten fein säuberlich zusammen, war darauf bedacht, den Koffer so effektiv wie möglich zu packen, doch heute war er dafür zu schwach oder einfach zu lustlos oder beides. Und so stopfte er sich erst eine der neuen Tabletten rein, bevor er sich über sein Kleider hermachte und in den Koffer drückte.
Ein letzter Blick schweifte durch den Raum, ehe er sich dann auf zur Rezeption machte, um auszuchecken. Er drückte auf den Knopf für den Aufzug, aber das erwartete „Bling", mit dem die Türen sich zur Seite schoben ließ auf sich warten und als der Fahrstuhl endlich auf seiner Etage angekommen war, wollte er nicht mehr damit fahren und nahm statt dessen die Treppe.
Völlig k.o. kam er im Erdgeschoss an. Reflexartig zückte er seine Kreditkarte, um die Hotelrechnung zu begleichen, doch dann zog er seine Karte zurück und kramte anstelle einige 100-Dollar-Scheine hervor, die er der jungen Frau reichte. Ohne weiteres nahm sie das Geld.
Nun war es also soweit: mit dem Auto von der Garage zum Flughafen und zurück nach Deutschland, wo ihn der Tod erwartete. Niedergeschlagen schritt Andre zu seinem Mietwagen und lud alles in den Kofferraum. Kaum dass er im Wagen saß, stieg er auch schon wieder aus und entriegelte den Kofferraum.

Jetzt geht es dann los, ich werde meine Heimfahrt antreten. Das Gepäck verstaut, geht es jetzt auf zum Flughafen, von wo aus mich die Maschine geradewegs nach Frankfurt bringen wird. Ich liege also in meinem Zeitplan. Auf geht's!

Dann stieg er aus, verstaute wieder sein Reisetagebuch in der Tasche, die im Kofferraum lag und machte sich auf, auf den Weg zum Flughafen.

Ohne größere Vorkommnisse lieferte er den Mietwagen bei der Vermietstation ab und packte den Quittungsbeleg in seine schwarze Umhängetasche.

Im Terminal allerdings herrschte ein reges Treiben und so musste sich Andre einen Weg durch die Menschenmassen bahnen, bis er schließlich den richtigen Schalter gefunden hatte. Aber auch hier standen die anderen Fluggäste schon in einer endlos scheinenden Schlange. Erschöpft blickte Andre auf seine Armbanduhr. Das könnte noch ein Weilchen dauern, schoss es durch seinen Kopf. Was ihm allerdings mehr Kopfschmerzen bereitete: er hatte nichts mehr zu trinken und just in dem Moment überkam ihn ein Gefühl von Durst. Andre blickte sich um und starrte auf den wachsenden Schwanz der Schlange. Nein, jetzt würde er diese Reihe nicht mehr verlassen!

Unter Zuhilfenahme des Bodenpersonals checkte Andre sich und sein Gepäck nach einer für ihn endlosen Warterei ein. Die Frau im blauen Kostüm befestigte den Aufkleber mit dem Strichcode am Griff seines Koffers, ehe dieser auf dem Förderband langsam davon fuhr und schließlich durch eine Luke verschwand.

Nächster Halt war das Einchecken durch die Passkontrolle und das Durchleuchten seinr Tasche. Kaum hatte er den Zugang erreicht, konnte er von oben schon die ebenfalls langen Schlangen sehen, die sich hier in der Halle schlängelten. Glücklicherweise war er rechtzeitig losgefahren. Aber wenn er dies geahnt hätte, hätte er wohl noch eher das Hotel verlassen und sich hierher begeben. Aus allen Herrenländer reihten sich hier die Menschen in die Schlange und die Ansammlung glich einer bunten Perlenkette – und er mittendrin. Auch hier kam es ihm wie eine halbe Ewigkeit vor, bis er endlich an eine der Sicherheitsschleusen gewunken wurde. Und so legte er seine Tasche in eine der schwarzen Plastikboxen, seine Schuhe in eine zweite. Dann zog er sich Uhr und Gürtel aus und leerte seine Hosentaschen. Gespannt, ob es trotzdem anschlagen würde, wenn er den Scanner durchschritt, setzte er einen Fuß vor den anderen und lief wie in Zeitlupe durch den rechteckigen Boden. Die Plastikboxen waren schon durch den Scanner durchgelaufen und der Beamte hinter dem Monitor hatte nicht aufgeschaut. Ein gutes Zeichen, vermutete Andre. Doch dann kam die Herausforderung. Hinter ihm drängten schon die nächsten Passagiere durch die Schleuse und so wollte er alle drei Boxen packen und zur Seite gehen, um sich wieder anzuziehen. Dieses Vorhaben klappte zwei Schritte, dann begannen seine Hosen zu rutschen und beim nächsten Schritt, passierte der Bund seiner Jeans die Kurve seines Gesäßes und rutschte bis zu den Knien nach unten. Kein Wimpernschlag später stand auch schon ein Beamter des Sicherheitsdienstes neben ihm. Andre vermutete schon, dass er nun auch noch eine Verwarnung wegen sexueller Handlungen, Exhibitionismus oder sonst etwas bekam, doch der Beamte nahm ihm ohne Worte die Boxen ab und stellte sie auf den Boden, so dass Andre nun wieder beide Hände frei hatte, um seine Hose hochzuziehen und den Gürtel anzuziehen. Dann packte er den Rest seiner Sachen und machte sich auf zu den Terminals.

Wie peinlich ist das denn! Verliere ich auch noch die Hosen beim Einchecken! Ich dachte schon jetzt kommt der Typ auf mich zu und nimmt mich gleich fest.
Jetzt bin ich noch kurz durch die Souvenirshops hier durch, aber gefunden habe ich nicht wirklich was. Naja, ich habe mal eine Tasse mit, damit ich wenigstens etwas gekauft habe als Mitbringsel, aber wer weiß, ob ich die überhaupt brauche.
So, jetzt ist auch meine Reihe dran. Einsteigen, bequem machen und nach Hause fliegen.

Die letzte Schlange, an die ich mich heute und in den USA anstellen muss, dachte Andre, als die Flugbegleiter endlich die Reihen nacheinander aufriefen um das Flugzeug zu besteigen.

Das Ende naht, ich kann es fühlen

Bin ich geflohen, um in Ruhe zu sterben? Aber warum kehre ich dann zurück? Warum fliehe ich dann nicht noch weiter und weiter und weiter? Einfach immer weiter fort. Vielleicht ist es ja wie bei den Lachsen, die zum Laichen nach Hause gehen oder wie bei den Elefanten, die zum Sterben an einen bestimmten Ort gehen. Ist das eigentlich tatsächlich so oder habe ich das nur aus dem Fernsehen? Über was man alles beginnt nachzudenken? Nun, ich bin geflohen, aber ich habe auch erkannt, dass ich zum Sterben gerne wieder zu Hause sein möchte. Ich möchte dort sterben, wo ich zu Hause bin. Ich möchte in meiner Heimat sterben. Ich habe auch Angst, das gebe ich gerne und offen zu. Angst. Ja, die habe ich nun schon ein Weilchen. Habe ich Angst vor der Tatsache, dass es das Ende ist? Habe ich Angst vor der Tatsache, dass ich nicht weiß, was danach kommt? Werde ich den Tunnel sehen? Komme ich in den Himmel oder die Hölle?

Andre begann zu husten und es schien fast so, als suche seine Lunge den Weg nach draußen. Das Resultat der Husterei war, dass seine linke Seite anfing zu schmerzen. Kaum war der Hustenreiz erstorben, versuchte er mit einem Schluck des abgestandenen Mineralwassers, welches noch in dem durchsichtigen Plastikbecher vor ihm stand, seinen Hals zu befeuchten, der mittlerweile staubtrocken war.

Laut Monitor sind es noch circa 2794 Meilen. Sollte ich das Ende meines Lebens in Meilen rechnen, statt in Tagen, Stunden und Minuten? Ich weiß es nicht. Vielleicht drehe ich ja gerade auch durch oder bin am Beginn dazu. Wer weiß.

Andre lief es eiskalt den Rücken hinunter und eine Gänsehaut überzog seinen Körper. Er fror.

„Scheiß Klimaanlage!", sagte er leise. Kaum hatten die Worte seinen Mund verlassen, blickte er nach rechts, aber der Mann neben ihm hatte die Stöpsel im Ohr und schien zu schlafen.

War es überhaupt die Klimaanlage, die ihn erschaudern ließ oder war es seine Angst? Andre verdrängte diesen Gedanken beziehungsweise versuchte dies zumindest, so gut es eben ging.

Schon gab es auch erneut etwas zu essen. Andre wollte diesmal etwas Vegetarisches, doch das war leider schon aus. So nahm er das Hühnchen. Schon wieder Hühnchen, dachte er und zog die silberfarbene Folie ab. Aber eigentlich war es egal, denn er hätte wohl auch im fleischlosen Essen herumgestochert, denn er bekam fast keinen Bissen den Hals hinunter – obwohl sein Magen knurrte. Verdammt nochmal, schoss es ihm durch den Kopf, ich muss was essen, sonst klapp ich womöglich hier und jetzt noch zusammen und dann führen sie mich nach der Landung gleich wieder ab, wie vor einer Woche. Andre mochte diesen Gedanken nicht weiterspinnen. Und so zwang er sich, etwas von dem Hühnchen hinunter zu würgen. Er drückte sich gleich noch ein paar Tabletten heraus. Beide spülte er mit dem letzten Rest des Mineralwassers hinter dem Hähnchen her. Hoffentlich musste er heute nicht wieder kotzen. Vielleicht zog die Schwerkraft ja seinen Mageninhalt nach unten. Blödsinn, schoss es ihm gleich durch den Kopf. Er dachte an Schlaf, denn da würde er sich nicht ständig Gedanken und Sorgen über sein Ende machen. Und so schloss er die Augen.

Plötzlich und unerwartet fiel das Flugzeug in ein Loch und sackte gefühlte zehn Meter nach unten. Blitzschnell war Andre hellwach und sein Herz begann zu rasen. Er konnte in seinen Ohren das Blut hören, wie es durch seine Adern schoss. Dann leuchtete auch schon das Anschnallzeichen auf und es folgte eine Durchsage, dass man gerade mit einigen Turbolenzen rechnen müsse und man sich bitte auf seinen Platz begeben und sich anschnallen solle. Wie gut, dass ich schon sitze, dachte Andre vor sich hin, dem der Schrecken noch immer ins Gesicht geschrieben stand.

Beim Stand von 553 Meilen, widerlegte Andre´s Körper seine These von der Erdanziehungskraft seines Mageninhalts. Fast zwanzig Minuten verrenkte er sich in der engen Kabine des WC´s, um das *Hühnchen provenzalischer Art* in die Freiheit zu entlassen.

Wie bei einem Countdown verfolgte Andre sie schwindende Zahl an Meilen, bis das Flugzeug sein Ziel erreicht hatte. Und mit jeder Meile, die es weniger wurde nahm Andre´s Angst zu. Am liebsten wäre er nach vorn und hätte den Kapitän gefragt, ob er nicht wieder ein Stück zurückfliegen kann, damit er einen kleinen Aufschub bekam. Aber dann stellte Andre fest, dass bei machen Dinge einfach irgendwann einmal die Zeit abgelaufen war. Und nun war eben er an der Reihe. Zumindest hatte er die letzten zwei Wochen noch einmal genossen – soweit es ging. Und er konnte Farben und Bilder sammeln, die er nun für die schlechten Zeiten hatte – genau wie die Maus aus seiner Geschichte. Erneut versuchte Andre die Augen zu schließen, um noch ein wenig zu schlafen, aber statt endlich ins Traumreich zu gelangen, kreisten immer mehr und immer wildere Gedanken durch seinen Kopf und so beschloss er sich einfach durch die Kanäle zu zappen und einen der Filme anzuschauen, damit er abgelenkt war.

Ich bin ein Feigling, denn ich bin geflohen.
Ich bin mutig, denn ich kehre zurück.
Was bleibt: Ich habe Angst!

Tick-tack, tick-tack, tick-tack

Landeanflug. Wie fühlt man sich, wenn man dem Ende entgegenfliegt? Eine Frage, die Andre beschäftigt hat. Was, wenn er am nächsten Tag wieder zum Arzt geht? Dieser wird ausrasten, dachte Andre vor sich hin und seine Gedanken zeigten ihm auf, wie der Besuch bei dem Gott in weiß aussehen würde. Gott in weiß. Bald würde er den leibhaftigen Gott treffen, statt nur das umgangssprachliche Bodenpersonal. Er hatte sich doch nun während des ganzen Fluges schon seine Gedanken gemacht - was wäre wenn. Es half alles nichts. Aber so hatte er es vor zwei Wochen geplant: Zum Sterben wieder zu Hause. Und nun war er fast schon wieder daheim. Hätte er an einer vorher-nachher-Show mitgemacht, so wäre das nachher-Resultat wesentlich schlechter ausgefallen. Er war in den letzten vierzehn Tagen eher zum Schmerzmittel-Junkie mutiert, hatte – milde ausgedrückt – mehr gekotzt als gegessen. Ausserdem hatte er vermehrt Schmerzen in der linken Seite und musste in den letzten Tagen merklich mehr husten, als zuvor. Wahrscheinlich hatte er auch abgenommen, denn seine Hose rutschte. Und nun kamen auch noch Bauchschmerzen hinzu. Wohl eher ein ungutes Gefühl in der Magengegend. Andere würde dies auch einfach als Angst klassifizieren. Und in diesem Fall schloss sich Andre der Meinung dieser anderen an. Vielleicht schlich sich nun auch noch ein bisschen Panik ein und vermischte sich mit dem Ganzen. Andre musste jetzt einfach noch einmal stark sein, denn schließlich war er noch nicht zu Hause, also konnte er hier nicht einfach so wegsterben.

Arrival FRA 5:30 Uhr

Andre fühlte sich wie ausgetrocknet, weshalb er einen Becher Wasser nach dem anderen in sich hineinschüttete. Und als er dann wieder einige seiner Pillchen nehmen wollte, war der Plastikbecher schon wieder leer. So machte er sich auf in den hinteren Teil des Flugzeugs, um sich Nachschub zu holen und gleich noch einmal das WC aufzusuchen. Da noch das rote Licht leuchtete und er warten musste bis die Toilette frei wurde, blickte er auf die beiden Stewardessen, die dort hinten aufräumten. Er fragte gleich nach seinem Mineralwasser und ließ sich den Becher füllen. Während er so wartete, kramte er seine Tabletten hervor und schluckte gleich zwei Stück davon hinunter.

„Are you OK?", fragte ihn eine der beiden.

„Yes, I´m fine.", kam seine Standardantwort von ihm.

„Sie senn awa koin Ami, oder?", kam es von ihrer Kollegin.

„Nee, ich komme aus der Nähe von Karlsruhe. Und Sie?"

„Aus Stuttgart."

Und so machte Andre mit der geschätzten Mittfünfzigerin ein bisschen Smalltalk und verpasste dabei die freie Toilette, die ruck zuck auch wieder besetzt war.

Kaum hatte das Flugzeug seine endgültige Position erreicht, begannen die ersten Passagiere damit aufzustehen und die Fächer des Handgepäcks zu plündern, obwohl das Signal mit dem Sicherheitsgurt eigentlich noch hell leuchtete. Auch wurden hier und da sie Smartphones gezückt, um den Lieben zu sagen, dass man gerade gelandet sei. Mit einem „Bling" erlosch nun auch das Anschnallzeichen und ein allgemeines Tohuwabohu entbrannte im Innern der Flugzeugkabine. Alle brannten darauf, das Flugzeug zu verlassen und zur Gepäckausgabe zu stürmen. Alle? Nein, Andre hatte es nicht eilig. Er hatte noch ewig Zeit bis sein Zug von Frankfurt wieder in Richtung Karlsruhe fuhr. Geschuppst, gestoßen, angerempelt und hin und wieder einen Rucksack im Kreuz machten sich nun alle bereit, bis endlich die Tür aufgemacht wurde und man hinausstürmen konnte. Und der Moment kam. Im dichten Gedränge reihte sich Andre ein und ließ sich vom Strom der anderen zum Ausgang treiben. Das Bordpersonal verabschiedete sich mit einem Lächeln. Es war nicht schwer, die Gepäckausgabe zu finden – einfach in der Herde mitlaufen. Und so führte ihn sein Weg geradewegs in die große Halle.

Wie Geier gierten alle um das Förderband, das sich nun langsam in Bewegung setzte. Die Masse starrte gebannt auf den Schlund, aus dem gleich die Koffer empor gefördert wurden. Und so drehten die ersten Koffer die ersten Kreise und warteten darauf mit einem Ruck gepackt zu werden und mit einem Knall auf dem kleinen Wägelchen zu landen, mit denen man sie dann durch den Zoll in Richtung Ausgangshalle schob. Auch hier verhielt sich Andre wie ein Herdentier und packte seinen Koffer, der ihm schwerer vorkam, als gedacht. Obendrauf stellte er den kleinen Trolly, der als Handgepäck durchging. Dann setzte er sich ebenfalls in Bewegung, der Herde folgend. Beim Zoll bildete sich eine kleine Schlange und er hoffte und betete inständig, dass man ihn vor einer Kontrolle verschone. Er hatte nichts zu verzollen, was die beiden Beamten wohl aber immer zu hören bekamen. Ihre musternden Blicke wanderten die Schlange entlang.

„Oh nein, bitte nicht ich, bitte nicht ich. Ich habe nichts für Euch. Bitte einfach durchwinken. Einfach durchwinken.", betete Andre im Stillen vor sich hin. Und als er dann kurz vor den beiden Beamten stand, wurde ihm schon etwas mulmig. Er dachte nur an die Einreise in den Staaten.

„Noch einen schönen Tag.", sagte der Beamte mit dem Vollbart und winkte ihn durch.

Vielleicht hat Andre in diesem Moment ein bisschen perplex dreingeschaut und ist mit einem „Danke, gleichfalls.", einfach weitergelaufen und hat sein Wägelchen auf die Schiebtür geschoben. Fortuna war ihm wohl hold gewesen.
Aus dem Terminal raus, steuerte er voll bepackt auf die Shuttlebusse zu, um zum Fernbahnhof zu gelangen. Er stieg durch die hintere Tür ein, stellte seinen Koffer ab und suchte sich einen freien Platz. Und kaum dass er sich gesetzt hatte, riss ihn eine Stimme aus seinen Gedanken.

„Das ist ja ein Zufall! Hallo Andre! Was ich noch sagen wollte,… Du siehst aber mal gar nicht gut aus. Flugangst? Ist Dir schlecht? Aber ich freu mich wahnsinnig, dass ich Dich hier wieder treffe.", schoss es aus Jens heraus, der am Fenster saß.

Andre war im ersten Moment sprachlos. Damit hatte er vor zwei Wochen in Barcelona eigentlich nicht gerechnet, dass er Jens noch einmal in seinem Leben wieder sah. Und nun saß er hier neben ihm.

„Hallo. Wenn das mal nicht unser Pilger ist. Du bist aber auch ein bisschen blass im Gesicht. Ist das die vornehme Pilgerblässe?", scherzte Andre.

„Sonnencreme mit Lichtschutzfaktor 30, haben mich vor der Höhensonne bewahrt."

Der Shuttlebus hatte sich bereits in Bewegung gesetzt und kurvte über das Areal des Frankfurter Flughafens, bis er schließlich mit einer mittelstarken Bremsung zum Stehen kam. Und so packten alle Insassen ihr Koffer, Trollys und Taschen und machten sich mit der Rolltreppe auf nach oben, vorbei am Reisezentrum der Bahn und auf der anderen Seite wieder mit dem Fahrstuhl nach unten in Richtung Frankfurt Flughafen Fernbahnhof. Jens berichte Andre in einem Aufschwall ohne Punkt und Komma von seinen Eindrücken und Erlebnissen, die er auf dem Jakobsweg alle samt erleben durfte.
Nach einem Blick auf die Uhr, blickte Andre auf die Gleise und die Anzeigetafeln.

„Mein Zug müsste eigentlich dann bald kommen.", warf Andre ein.

„Wann?"

„7.53."

„Sag jetzt nicht, Du fährst mit dem ICE in Richtung Karlsruhe?"

„Doch."

„Nee. Ich auch."

Andre rollte ein wenig mit den Augen, aber dann war er doch froh, dass er jemanden hatte, der ihn von seinen Gedanken an den bevorstehenden Arztbesuch oder Schlimmeres ablenkte.

„Was ich noch sagen wollte…", begann Jens seinen Satz. „…ich glaube, ich habe gefunden, was ich gesucht habe. Ich werde beruflich kürzer treten und mich ein bisschen mehr mit dem Esoteriker in mir beschäftigen. Ich habe auf dem Weg gemerkt, dass das Wissen des Heilens einfach in mir schlummert. Daher werde ich mit der Heilerausbildung beginnen, um anderen Menschen helfen zu können, auch wenn die Ebenen, auf denen ich heilen werde, vielleicht für die Patienten im Verborgenen liegen."

„Das klingt gut. Und was ist mit der Beziehung? Hast Du Dir dazu auch schon Gedanken gemacht?", setzten Andre die Frage nach.

„Selbstverständlich, denn schließlich hatte ich viel Zeit, um über all diese Fragen nachzudenken. Ich bin davon überzeugt, dass mich mein Schicksal leiten wird, egal was kommt und wann es kommt. Tritt eine Frau in mein Leben, so werde ich eines Tages vielleicht doch noch Vater und geht es in die andere Richtung, dann bin ich mir sicher, dass mir auch dieser Weg vorherbestimmt war. Ich mag mich nicht festlegen, denn im Grunde genommen kann ich beides haben."

Andre zog die Augenbrauen hoch, neigte den Kopf leicht zur Seite und bejahte mehr oder weniger die Frage von Jens.

„Was ich noch sagen wollte…", fuhr Jens fort, „…ich kann mir vorstellen, eine Frau zu haben und Kinder, jedoch ist wahrscheinlich der Zeitpunkt noch nicht gekommen, dass dies passieren soll. Vielleicht soll ich mich auch erst richtig austoben, bevor ich mich binde und eine Familie gründe. Vielleicht ist es das, was mein Schicksal für mich bereithält. Vielleicht lerne ich einen Mann kennen, der mir etwas gibt und dem ich dann ebenfalls etwas geben kann. Vielleicht soll es ja auch nur eine einmalige Erfahrung werden. Und wenn die Zeit reif ist, werden sich unsere Wege trennen und wir schlagen neue Wege ein."

„Auch eine sehr interessante Theorie.", antwortete Andre nach den Ausführungen von Jens. „Dann war Deine Pilgerreise also erfolgreich und hat Dich erleuchtet und Dir gezeigt, wie es jetzt für Dich im Leben weitergeht.", gab Andre zurück.

„Ja. Ich habe gesucht, was ich gefunden habe: Eine Antwort auf meine Frage nach dem Job und der beruflichen Veränderung. Eine Antwort auf meine Frage nach einer Beziehung. Bleibt nur noch die Frage nach einer neuen Bleibe offen. Leider konnte ich dieses Problem auf dem Jakobsweg nicht lösen. Da bleibt mir dann nur die Suche – und zwar schnell."

Nach diesem Satz schwieg Jens, wandte seinen Blick von Andre ab und starrte zunächst auf die lichtgraue Kopfstütze des Vordersitzes und dann auf seine Hände, die gefaltet in seinem Schoss lagen. Andre schloss sich der Ruhe an und ließ den letzen Satz einfach so im Raum stehen. Doch in seinem Kopf ratterte es unentwegt. Er arbeitete an einem Plan. Doch immer wieder kam ihm sein Besuch in der Saint Patrick´s Cathedral in den Kopf und drängte sich in sein Bewusstsein, als er Jens in betender Haltung neben sich sah.

Kurz bevor der Zug in den heimischen Bahnhof einfuhr, durchbrach Andre nun das Schweigen und wandte das Wort an Jens, der noch immer aus dem Fenster starrte.

„Jens. Ich habe Dich auf dieser Reise als einen sehr sympathischen und offenen Mann kennengelernt. Und die Unterhaltungen mit Dir haben mich auch hin und wieder zum Nachdenken angeregt."

Jens schaute Andre fragend und gleichzeitig verwundert an.

„Ich wollte Dir eine Lösung für Dein noch offenes Problem vorschlagen.", sagte Andre.

Nun war Jens verwirrt.

„Ähm, was für ein Problem. Ich steh wohl gerade mächtig auf dem Schlauch.", antwortete er Andre.

„Das Wohnungsproblem."

„Oh ja, das. Und Du hast eine Lösung für mein Problem?"

„Ich habe ein kleines Häuschen, das – fast – fertig ist. Da ich alleine bin und mein Schicksal mit einer Partnerschaft sich auch noch nicht erfüllt hat, lebe ich darin alleine. Allerdings hätte es da bestimmt noch ein Plätzchen für eine zweite Person."

Jens starrte Andre nun an, als sei ihm gerade ein Heiliger erschienen. Sein Mund stand offen und seine Augen blickten Andre an, als sei er versteinert.

„Alles klar bei Dir?"

„Was?", kam es von Jens zurück, der aus seinem Gedankenuniversum wieder ins Hier und Jetzt teleportiert wurde.

„Ich meine, Du musst nicht, wenn Du nicht willst. Es ist halt ein kleines Häuschen auf dem Land,…"

„Ja, ich will. Phantastisch. Ich weiß gar nicht so recht, was ich noch sagen soll. Wow. Einfach genial. Das ist der krönende Abschluss dieser Reise!"

„Und die nächste Reise wartet schon auf Dich."

„Oh ja.", erwiderte Jens.

„Auf unsere Männer-WG.", sagte Andre und streckte Jens seine rechte Hand entgegen.

Seinem Gesichtsausdruck zu folgen, realisierte Jens gerade, was in den letzten Minuten alles passiert war. Dann hob er den Kopf, blickte Andre an und fing an zu strahlen. Nun schlug er ein.

„Auf die Männer-WG!", sagte Jens.

Auf dem Bahnsteig in Karlsruhe trennten sich dann die Wege der beiden – doch nur für kurze Zeit, denn Jens zog ja schon morgen bei ihm ein.

Ob das gut ging, sinnierte Andre vor sich hin, während er zum Gleis 10 lief, von wo aus ihn der RE 19527 nach Durlach brachte. Am Bahnhof in Karlsruhe-Durlach angekommen, musste er erneut umsteigen. Und so saß er dann endlich in der S5 in Richtung Pforzheim, die ihn nach Hause brachte.
Fast pünktlich schloss er um zehn nach zehn die Tür bei sich daheim auf.

„Ich bin wieder zu Hause. Jetzt kann ich sterben.", sagte er zu sich selbst und schloss die Haustür hinter sich.

WG

So einen Umzug hatte Andre wohl noch nicht gesehen. Jens war binnen 24 Stunden in seiner alten Wohnung ausgezogen und bei Andre eingezogen. Wow, Jens hat einen überschaubaren Haushalt, dachte Andre. Nun gut, Jens hatte ja auch schon vor seiner Reise die Koffer – beziehungsweise Kisten - in der alten Wohnung gepackt. Hatte er?, fragte sich Andre plötzlich.

Kaum zwei Tage im neuen Heim, arbeitete Jens derweilen schon fleißig im Garten, wobei Garten wohl eher eine Übertreibung war, denn eigentlich müsste es Gärtchen heißen. Nachdem er am Vortag das Unkraut mühselig entfernt und im Anschluss daran den Boden aufgehackt und gelockert hatte, wollte er heute endlich mit dem Bepflanzen anfangen. Auf dem Heimweg war er beim Gartencenter vorbeigefahren und hatte sich seine Lieblingspflanzen gekauft: Erdbeeren. Da er nicht nur die Pflanzen mochte, sondern darüber hinaus noch die reifen, roten und aromatischen Früchte, hatte er eine entsprechende Menge an bereits blühenden Pflanzen besorgt. Ein Meer aus Erdbeeren, so war der Gedanke in seinen Vorstellungen. Mit einer Latte, die vom Bau übrig geblieben war, drückte er leichte Furchen in die frische Erde, um Reihen zu haben, an denen er sich beim Pflanzen orientieren konnte.

Die erste Reihe hatte er bereits gesetzt und die jungen Erdbeerstöcke gleich angegossen, als er vom Küchenfenster her Andre reden hörte. Er spürte, dass es nicht er war, mit dem er sich unterhielt und dass es auch kein freudiges Telefonat war, das er anscheinend führte. Bruchstückhaft bekam er einige Wortfetzen mit aus deren Kontext er schlussfolgerte, dass es sich um ein Gespräch mit seiner Familie handelte. Andre hatte in den letzten Tagen schon etliche dieser Gespräche geführt. Mittlerweile wurde Jens klar, warum Andre einfach seine Koffer gepackt und in die weite Welt gefahren war, ohne seinen Lieben Bescheid zu geben. Es reichte sicherlich jetzt auch noch, dass sie ihm Vorwürfe machten.

Während Jens fleißig und voller Eifer und Tatendrang die Pflanzen setzte und die Tätigkeit im Freien und das Wühlen in der Erde genoss, trat Andre aus der Tür. Er war sichtlich geschwächt, was Jens ihm sofort ansah, als er zu ihm Blickte und was er ohnehin schon bereits gespürt hatte.

„Was ich noch sagen wollte…", rief Jens Andre zu, „…komm und hilf mir beim Pflanzen."

Zuerst ignorierte Andre, das Jens mit ihm sprach.

„Kommst Du? Es macht Spaß und ist nur halb so anstrengend, wie es vielleicht aussehen mag."

„Ach nee, ich glaube mir ist heute nicht danach!", kam es von Andre postwendend.

„Ich würde sagen, dass kannst Du erst beurteilen, wenn Du es probiert hast!", fobbte ihn Jens wissentlich.

„Muss das sein?", pfuste es aus Andre heraus.

„Was ich noch sagen wollte – ja, es muss sein!", sagte Jens in einem immer bestimmter werdenden Ton. „Ich habe Dir sogar schon vorsorglich Handschuhe hingelegt, falls Du nicht mit den bloßen Händen in der Erde wühlen möchtest."

„Wie aufmerksam.", quoll es von Andre hervor, der sich langsam in Richtung Gärtchen bewegte. „Was willst Du denn mit diesen Tausend Erdbeerpflanzen? Findest Du nicht, dass Du es ein bisschen übertreibst?"

„Zum einen sind Erdbeeren lecker. Zum anderen gibt es sie nicht das ganze Jahr. Ausserdem kann man daraus…"

„Schon gut, schon gut. So genau wollte ich es gar nicht wissen.", unterbrach ihn Andre.

Und so zog sich Andre die Handschuhe an, die bereits neben einer kleinen Schaufel bereitlagen. Doch als Andre sah, mit welcher Hingabe dieser mit den Händen in der Erde wühlte und grub, schoss ihm ein Gedanke durch den Kopf: Warum ließ er sich von Jens nur so als Mauerblümchen darstellen? Warum sollte er mit Handschuhen arbeiten? Er brauchte keine Handschuhe. Blödsinn, dachte er. Mit einem Ruck zog er sich die Handschuhe wieder aus und legte sie zurück. Jens verharrte einen kurzen Moment und blickte verwundert zu ihm hinüber. Und noch während sein Blick auf Andre haftete, tauchte dessen Hand in das Erdreich und formte eine kleine Kuhle, in die er die erste Erdbeerpflanze setzte, die Erde wieder andrückte und dann mit Wasser aus der grünen Gießkanne goss.

„Was ich noch sagen wollte - wusstest Du, dass Erdbeerpflanzen eigentlich zur Gattung der Nüsse gehören?", warf Jens die Frage einfach so in den weiten Raum der Natur.

„Ach, Quatsch! Was erzählst Du mir den da wieder für Ammenmärchen?"

„Wenn ich es Dir sage! Ich wette um ein Mal Handauflegen mit Dir.", legte Jens nach.

„Jetzt kommst Du mir wieder mit Deiner Heilergeschichte und mit dem Esoterikkram."

„Los, schlag ein!", sagte Jens und streckte Andre die verdreckte Hand über das Beet entgegen.

„Also gut. Damit Du endlich Ruhe gibst.", erwiderte Andre und streckte seine Hand ebenfalls aus.

„Und was ist Dein Wetteinsatz?"

„Ich lass mir was einfallen, dass Dir die Sprache verschlagen wird!"

„Uuuuh, das wird aber schwierig für Dich!", lächelte Jens ihn an und die beiden Männer schüttelten sich die Hände.

„Und wenn wir gerade dabei sind: Wusstest Du eigentlich, dass die Farbe rot dem Basis-Chakra entspricht.

Eigentlich könntest Du rote Unterwäsche tragen, um das Basis-Chakra anzuregen."

Schmunzelnd und leicht kopfschüttelnd blickt Andre zu Jens.

„Anstelle Volksreden zu halten, solltest Du Dich lieber mal ranhalten, ich habe schon meine zweite Steige Erdbeerpflanzen leer.", schleuderte ihm Andre entgegen und blickte ihn verschmitzt an.

Jens traute seinen Augen nicht, mit welchem Eifer Andre auf einmal bei der Sache war. Wenn er so weiter machen würde, hätte er gleich einen ganzen Hektar bepflanzen können und hätte vielleicht einen Weltrekord aufgestellt, ging es Jens durch den Kopf.

„Fertig!", rief Andre plötzlich.

Jens blickte zu Andre hinüber. In der Tat, hatte Andre seine Hälfte des Beetes vorbildlich gepflanzt. In Reih und Glied standen die blühenden Pflanzen.

„Und wie fühlst Du Dich jetzt!", ließ Jens die Frage beiläufig fallen.

Andre zögerte einen kurzen Moment.

„Ich fühle mich wieder besser."

„Das freut mich."

„Das verdanke ich Dir. Danke."

„Wieso mir?", gab Jens keck zurück und lächelte Andre an. „Fertig!", kam es nun auch von Jens.

„Wurde ja aber auch langsam mal Zeit."
Als die beiden Männer die leeren schwarzen Plastiksteigen zusammengeräumt hatten und wieder Richtung Haus liefen, legte Andre seinen Arm auf Jens´ Schulter. Ohne auch nur ein Wort liefen sie ins Haus und schlossen die Tür. Andre war dankbar, dass er Jens getroffen hatte. Er schenkte ihm hier und da ein wenig Kraft und stellte keine Fragen. Einfach unkompliziert. Im Gegenzug musste sich Andre zwar mal wieder eine Lektion in Esoterik anhören beziehungsweise über sich ergehen lassen, aber das sah er eher als Erheiterung an. Jens hingegen war Andre so sehr dankbar, dass er ihn – einen völlig fremden Menschen – bei sich aufgenommen hatte. Aber Jens schob diese Fügung auf seine angehende Heilertätigkeit, seine Aura und seine Empathie, die ihm sagte, dass zwischen ihm und Andre die Chemie von Anfang an gestimmt habe.

Im Bett fasste Andre folgenden Entschluss: Ich muss es Jens sagen. Ich werde ihm morgen sagen, dass ich krank bin und sterben werde. Fragt sich nur, wie?

Als Jens am nächsten Tag von der Arbeit nach Hause kam, war in der Küche bereits der Tisch gedeckt. Fast schon einem Gala-Dinner glich der Tisch, den Andre eingedeckt hatte. Die Gläser für den Wein, daneben das Wasserglas. Das gute Besteck zur Rechten und zur Linken der Platzteller sowie das Dessertbesteck oberhalb. Die kunstvoll gefaltete Serviette thronte in der Mitte des silberfarbenen Platztellers. In einer Karaffe schimmerte im Schein der Kerze der dekantierte Rotwein. Dicht daneben im Glaskrug stand das Wasser. Jens blickte verblüfft auf den Tisch. Andre betrat die Küche und stand plötzlich hinter Jens.

„Hunger?"

„Ich … äh … ja … aber … erwartest Du Besuch?"

„Yeep!"

„Wieso hast Du nichts gesagt, dann hätte ich mich für heute Abend aus dem Staub gemacht und Du hättest eine sturmfreie Bude gehabt."

„Was? Aber warum denn?", fragte Andre.

„Na, wenn Du Besuch erwartest – noch dazu in solch einem intimen Rahmen und dazu das gute Geschirr… Ich bitte Dich, da brauch ich doch nicht hier herumlungern."

„Mein Besuch ist doch schon da?"

„Was?"

„Dann geh ich gleich wieder."

„Aber warum? Du bist doch eben erst gekommen!"

„Ich glaub, ich versteh´ nur Bahnhof.", erwiderte Jens und blickte erneut auf den Tisch und dann zurück in Andre´s Gesicht.

„OK. Einmal kurz zurückspulen. Nachdenken. Kombinieren."

Ein Moment der Stille lag in der Luft. Dann bekam Jens große Augen und blickte Andre überrascht an.

„Was? Ich bin der Gast? Du hast das für mich gemacht?", drang es noch mit einem unglaubwürdigen Unterton aus Jens hervor.

„Ich löse nur meinen Wetteinsatz ein. Spielschulden sind schließlich Ehrenschulden, nicht wahr? Ich sagte Dir doch, dass es etwas sein wird, dass Dir die Sprache verschlagen wird."

„Allerdings!", bestätigte Jens.

„Gut, dann habe ich es ja schon einmal geschafft."

„Was heißt hier einmal? Was kommt denn noch alles?"

„Lass Dich überraschen. Man sagt im Volksmund: Alle guten Dinge sind drei.", gab ihm Andre zur Antwort und machte sich auf in Richtung Herd.

Jens stellte noch geschwind seine Tasche ab und nahm dann auf dem Stuhl platz. Kaum, dass er saß, servierte Andre auch schon die Vorspeise: Einen schnellen Cesar´s Salad mit frisch gebackenem Brot. Nun ja, das Baguette-Brot hatte Andre nicht selbst gebacken, sondern beim Bäcker gekauft. Jens blickte auf den Teller und betrachtete die feinen Käsestreifen, die als Topping über dem Salat lagen. Ein Hauch von Knoblauch lag in der Luft.

„Guten Appetit.", sagte Jens.

„Ja, lass es Dir schmecken!"

Kaum waren die Teller leer, stand Andre auf und begann das schmutzige Geschirr abzuräumen. Das passte super in sein Timing, denn so konnte er gleich in den Ofen schauen, wo schon der Hauptgang wartete. Und ein paar Minuten später tischte Andre auch schon den zweiten Gang auf: schnelle Pizza-Schnitten. Er hatte keine Ahnung, ob Jens Pizza mochte oder nicht, aber er ging einfach mal von der Mehrheit der Bevölkerung aus, die Pizza mochten. Dazu schenkte ihm Andre etwas Rotwein in das langstielige und bauchige Glas ein.

„Was ich noch sagen wollte,… sehr gut gekocht, daran könnte ich mich fast gewöhnen, wenn ich von der Arbeit nach Hause komme, dass immer für mich gekocht und aufgetischt ist.", sagte Jens mit einem Lächeln und biss dann in die Pizza-Schnitte. „Wolltest Du mich nicht eigentlich noch einmal sprachlos machen?", fragte er Andre mit vollem Mund.

„Einmal? Nein, noch zweimal. Aber sprachlos bist Du jetzt ja auch schon.", gab Andre zurück.

Jens blickte zu Andre hinüber und stellte fest, dass er sein Essen noch gar nicht richtig angerührt hatte. Dann wanderte sein Blick zu Andre, der in sich gekehrt da saß und auf die Tischdecke starrte.

„Alles klar bei Dir?"

„Jetzt kommt Nummer zwei. Es gibt da etwas, dass ich Dir sagen möchte. Vielleicht solltest Du jetzt lieber nichts in den Mund nehmen, nicht dass es Dir im Hals stecken bleibt."

Jens schaute auf einmal etwas verwirrt drein und legte dann aber das Besteck zur Seite.

„Jens, ich mache es kurz: ich bin krank und werde sterben. Und zwar bald. Der Urlaub, war meine letzte Reise, bevor ich ins Gras beißen werde."

Dann griff Andre nach seinem Glas und schüttete mit einem Schluck den Rotwein hinunter. Jens saß ihm wahrlich sprachlos gegenüber.

„Wie ich sehe, habe ich es auch ein zweites Mal geschafft.", versuchte Andre zu scherzen, doch Jens reagierte nicht. Noch nicht.

Dann erhob sich Andre und räumte seinen Teller ab. Kurz darauf kam er mit einer Schüssel zurück, die er auf den Tisch stellte – die Nachspeise: Eis mit Fruchtpüree.

Jens kaute auf einem kleinen Happen der Pizza-Schnitte herum und starrte nun seinerseits gedankenversunken auf das Tischtuch.

„Ich habe das meiste schon geregelt, denn Rest – so Gott will – werde ich in den nächsten Tagen noch tun, sofern ich Kraft dazu habe. Es hat mich sehr gefreut, auf meine letzten Tage noch einen Freund wie Dich zu finden. Sicherlich würden wir ein gutes Gespann abgeben.", schluchzte Andre den letzten Satz hervor. „Und last but not least Nummer drei."

Jens blickte Andre an und hoffte, dass nicht noch eine weitere Hiobsbotschaft kam.

„Ich habe lange darüber nachgedacht und bin zu dem Entschluss gekommen, dass ich Dir gerne noch etwas schenken möchte beziehungsweise einen Wunsch erfüllen möchte, wenn Du noch willst."

Der Blick von Jens war einerseits erwartungsvoll, was da jetzt wohl kommen mag – von welchem Wunsch Andre sprach – aber auf der anderen Seite war er sich nicht sicher, wie er auf die nächste Nachricht von Andre reagieren solle.

„Im Zug hast Du etwas gesagt, was ich mir habe durch den Kopf gehen lassen."

Jens schluckte, griff nach seinem Glas und trank nun ebenfalls einen großen Schluck von dem Wein.

„Du meintest, dass Du vielleicht auch einen Mann kennen lernst, der dir etwas gibt und dem Du dann ebenfalls etwas geben kannst. Vielleicht ja auch nur eine einmalige Erfahrung. Und genau darüber habe ich nachgedacht. Du hast mich die letzten Tage begleitet und mich hier und da auch zum Lachen gebracht, wo andere nur auf mich eingeredet haben und mir was weiß der Geier noch mal alles an den Kopf geworfen haben. Und nun möchte ich Dir etwas geben. Etwas Einmaliges. Eine Erfahrung, die vielleicht Dein Leben verändern mag. Ich werde Sie mit ins Grab nehmen und Dir wird sie vielleicht helfen, Deinen Weg im Leben zu finden."

Nun platzte Jens fast vor Neugier, was Andre ihm schenken wollte, denn er hatte im Zug und im Flieger einiges von sich gegeben.

„Ich möchte Dir helfen, herauszufinden, wo Du stehst und hingehörst. Vorausgesetzt Du möchtest dies noch, nach allem was Du nun über mich weißt. Ich wollte Dir eine gemeinsame Nacht schenken."

Jens saß erneut sprachlos am Tisch und umklammerte das Weinglas. Dann nahm er einen weiteren Schluck und schenkte sich gleich aus der Karaffe nach. Den Alkohol konnte er jetzt gut gebrauchen. Er überlegte gerade, ob es alles nur ein Traum sei, aus dem er hoffentlich bald erwachen werde. Er wusste nicht, was gerade alles passiert war. Seine Gedanken rasten durch seinen Kopf. Er versuchte die Geschehnisse einordnen zu können, doch er konnte es nicht. Erneut nahm er einen Schluck Rotwein. Stille lag im Raum. Jens Blick schien, als sei er geistig abwesend. Als sei er gedanklich weit weit weg und nur seine fleischliche Hülle sitze noch hier am Tisch und klammere sich am leeren Rotweinglas fest. Der Mann, der ihm gegenüber saß, der Mann, der ihn bei sich aufgenommen hatte, der Mann, der für ihn heute Abend gekocht hatte, der Mann, der ihm gerade eröffnet hat, dass er bald sterben werde, der Mann der ihm Angeboten hatte, einen Wunsch zu erfüllen, den er noch bei keinem anderen Menschen ausgesprochen hatte, der Mann, der ihm gegenüber saß sprach mit ihm – Jens. Der Mann, den er dachte zu kennen und der gewettet hatte, ihn sprachlos zu machen, hatte es geschafft, dass es ihm heute Abend im wahrsten Sinne des Wortes die Sprache verschlagen hatte.

Andre blickte noch einmal zu Jens hinüber. Dann nahm er seine Serviette und wischte sich den Mund ab, ehe er aufstand.

„Du kannst alles einfach stehen lassen. Ich räume das auf.", flüsterte Andre, ehe er sich erhob. Dann lief er am Tisch vorbei und blieb einen Augenblick lang neben Jens stehen. Vorsichtig legte er seine Hand auf dessen Schulter.

„Es tut mir Leid. Ich wollte Dich nicht so überrumpeln. Aber ich wollte, dass Du die Wahrheit erfährst. Vielleicht hätte ich das auch lieber nicht tun sollen. Und wenn Du mich nun als Spinner bezeichnest und gehen möchtest, so werde ich Dich nicht daran hindern, sondern könnte dies durchaus verstehen, wenn Du nicht länger mit solch einem Menschen unter einem Dach - na ja - beziehungsweise Baustelle - leben möchtest."

Nach diesen Worten verließ Andre die Küche.

Jens saß noch einen Augeblick am Tisch und starrte auf das Eis, das bereits zu schmelzen begann. Dann griff er nach der Schüssel mit dem Nachtisch und schöpfte sich raus. Kaum dass er zwei Löffel davon gegessen hatte, bekam er nichts mehr den Hals hinunter. Er stand auf und lief in der Küche auf und ab. Einen Moment blickte er aus dem Fenster und schaute auf den kleinen Garten. Er erinnerte sich, wie sie gemeinsam die Erdbeersetzlinge gepflanzt hatten. Dann drehte er sich wieder um und lief um den Küchentisch herum. An Andre´s Platz hielt er kurz inne. Etwas in seinem Innern trieb ihn dazu an, zu Andre zu gehen – und so verließ auch er die Küche.

Jens klopfte an der Schlafzimmertür und öffnete sie, ohne auch nur auf ein „Herein" von Andre zu warten. Er wusste nicht, was ihn hinter dieser Tür erwarten würde, aber er war entschlossen es herauszufinden. Er wollte mit Andre reden. Und so trat er ein und schloss die Tür des Schlafzimmers hinter sich, die mit einem „*Klack*" ins Schloss fiel.

Die Tür vom Schlafzimmer wurde vorsichtig aufgemacht.

Andre schlich heraus, bekleidet mit seinem Bademantel. Er warf noch einmal einen Blick zurück, ehe er die Tür ebenso leise wieder hinter sich schloss. Nun machte er sich auf in die Küche, um schon einmal die Kaffeemaschine anzuschalten, ehe er im Bad verschwand.

Plötzlich und unerwartet

In den nächsten Tagen war die Kommunikation zwischen Andre und Jens etwas „ruhiger". Man schwieg sich nicht an, sondern die Unterhaltungen beschränkten sich auf ein Mindestmaß und ein wenig Smalltalk.

Andre war zu Hause, lag auf der Couch und ruhte sich gerade etwas aus, als das Telefon klingelte. Sollte er aufstehen oder liegen bleiben und warten, bis der AB sich einschaltete? Er entschloss sich dafür aufzustehen. Nach dem vierten Klingeln nahm er ab und meldete sich.

  „Ja."

  „WAS?"

  „WANN?"

  „WO?"

  „Ich? Ja."

Andre geriet immer mehr in den Zustand von Schock und Fassungslosigkeit. Er konnte eigentlich gar nicht glauben, was ihm die Dame am anderen Ende der Leitung gerade gesagt hatte. Nein, das konnte einfach nicht sein. Unmöglich. Aber zum Nachdenken, war eigentlich keine Zeit, denn er musste los. Und so packte Andre das Notwendigste, was er gerade zu greifen bekam. Tränen stiegen in ihm auf und Trauer breitete sich in seinem Körper aus. Dann stürmte er Hals über Kopf aus dem Haus.

Die Tachonadel lag stetig über der eigentlich zulässigen Höchstgeschwindigkeit, aber das bekümmerte ihn nicht. Er hatte es eilig. Es ging um Leben und Tod. Um sein Leben. Andre betete, dass es keinen Stau auf der Autobahn gab, denn das war der schnellste Weg ins Krankenhaus nach Karlsruhe. A8, runter auf die Südtangente und dann die Abfahrt Brauerstraße. Von dort aus müsste er dann auch gleich beim Krankenhaus sein. Hoffentlich waren die Ampeln nicht alle auf rot. Er hatte doch keine Zeit.

In einem halsbrecherischen Manöver parkte er in einer fast zu engen Parklücke und rannte über die Straße auf den Eingang zu. Am Empfang keuchte er der Dame etwas entgegen, die daraufhin erst einmal nachfragen musste, was er überhaupt wolle. Nach einem kurzem Augenblick des Verschnaufens, kam Andre nun wieder zu Wort.

„Sie haben mich angerufen, dass ich so schnell wie möglich kommen soll. Es geht um Leben und Tod. Es gab einen Unfall. Das Opfer heißt Jens.", schoss es aus ihm heraus.

Die Dame mittleren Alters tippte etwas auf der Tastatur ihres Rechners, schaute auf den Monitor und griff dann gemächlich zum Telefon. Andre wäre am liebsten durch die Scheibe hindurch gesprungen und hätte ihr Feuer unterm Hinter gemacht, doch er musste sich beherrschen.

„Unfallchirurgie. Hier vor, mit dem Fahrstuhl eine Etage tiefer und dann links. Dort müssten Sie noch einmal nachfragen.", sagte sie.

Das „nachfragen" bekam Andre nicht mehr mit, denn er war bereits losgestürmt. Beinahe hätte er noch einen Patienten und zwei Besucher umgerannt, als er um die Ecke rannte. Unten angekommen, suchte er wie wild geworden einen Bediensteten des Krankenhauses. Und dann stürzte er sich auf die erste Schwester, die ihm über den Weg lief.

„Ich wurde angerufen, dass ich sofort kommen soll. Es geht um den Unfall. Der Mann heißt Jens."

„Oh, ja. Bitte kommen Sie mit.", antwortete sie und sprang in die Richtung, aus der sie gekommen war.

Andre versuchte der Dame zu folgen. Vor der Tür blieb sie stehen und drehte sich zu ihm um.

„Der Mann hatte einen Verkehrunfall. Er hat etliche schwere innerliche Blutungen. Wir fanden bei ihm einen Organspendeausweis, sowie einen daran gehefteten Zettel in seiner Brieftasche, dass er im Falle eines Falles, sollten Sie ihn überleben, er ihnen notwendige Organe „vererben" möchte."

Andre wurde bleich im Gesicht. Was mag ihn wohl hinter dieser Tür erwarten?

„Wir mussten ihn in ein künstliches Koma versetzen, da er sonst womöglich bereits verstorben wäre."

Das Gedankenkarussell in Andre´s Kopf drehte sich immer und immer schneller. Er wusste nicht, was gerade geschah oder ob er in Wirklichkeit vielleicht noch zuhause auf der Couch lag und dies alles nur träumte. Doch das Rütteln der Schwester an seinem Arm zeigte ihm, dass dies nicht der Fall war. Dann drückte die Schwestern den Türgriff nach unten und öffnete die Tür zum Krankenzimmer.

Als Andre den Raum betrat, wurden ihm die Knie weich: Jens lag vor ihm in einem Bett. Dutzende von Schläuchen schienen von seinem Körper an Maschinen und Infusionen angeschlossen zu sein. Auf den Monitoren rings um das Bett blinkte und piepste es, Frequenzen wurden in grünen und roten Zick-Zack-Linien abgebildet und flatterten über den Bildschirm. Unentwegt piepten die Geräte im Rhythmus seines Herzschlags. Aus Jens´ Mund kam ein Schlauch, der zur Beatmungsmaschine führten und dafür sorgte, dass sich sein Brustkorb hob und senkte.
Kaum hatte er den Anblick einigermaßen verkraftet, kam eine Mannschaft von weiß bekleideten Krankenhausmitarbeitern ins Zimmer. Andre stand noch starr in der Nähe der Tür und beobachtet von hier aus das Treiben. Die Eindringlinge wollten Jens aus dem Zimmer schieben.

„Halt! Was tun Sie da?", platzte es aus Andre heraus und plötzlich drehten sich alle zu ihm herum.

„Sie müssen bestimmt der Organempfänger sein.", sagte die Dame, die Andre auf Ende vierzig geschätzt hatte. So stellte man sich den typischen Abteilungsdrachen im Krankenhaus vor, von welchem man all morgendlich geweckt wird und bei dem man sich nicht getraut eine Falte in das Laken zu drücken.

„Halt!", wiederholte Andre, „Sie können ihn nicht rausschieben."

„Mein lieber Herr…", sprach ihn nun der Arzt an. „…wir müssen den Patienten jetzt für die OP vorbereiten und Sie sollten nun bitte mit Schwester Sonja gehen, um sich ebenfalls für die OP bereit zu machen.", sagte er kühl. „Wir mussten den Patienten in eine Art künstliches Koma versetzen und für eine künstliche Beatmung sorgen, damit…"

„Ich will mich erst noch von ihm verabschieden.", sagte Andre und blickte starr auf Jens.

„Mein Herr …", begann der Arzt seinen Satz, doch er konnte ihn nicht beenden.

„…mein Herr! Wenn ich aufwache ist dieser Mann tot! Und habe ich nicht das Recht mich von meinem Freund zu verabschieden? Hier liegt jemand, der sich für mich opfert und sie lassen mir nicht einmal die Chance „Lebe wohl" zu sagen. Was sind Sie nur für ein Mensch! Oder sind Sie womöglich ein Schwulenhasser?", platzte es erneut aus Andre hinaus, dem nun die Tränen in die Augen stiegen.

Für einen Moment war es muxmäuschenstill im Zimmer. Der Arzt blickte Andre an und erkannte die Tränen in seinen Augen.

„Zehn Minuten."

Mehr sagte der Arzt nicht und verschwand aus dem Zimmer. Die anderen folgten dem Gott in weiß stillschweigend. Als die Tür zu war, machte Andre langsam einen Schritt nach dem anderen und schritt auf das Krankenbett zu. Er setzte sich auf die Decke und nahm – so gut es ging – Jens´ linke Hand in die seine. Er wusste nicht was er sagen sollte und wollte und so blickte er Jens nur an. Er hatte auch keine Ahnung, wie er auf Schwulenhasser kam. Aber er wollte sich ganz einfach von dem Menschen verabschieden, der sein Leben für ihn gab. Vielleicht war Schwulenhasser doch zu hart. Und so nahm er sich vor, sich vielleicht bei dem Arzt für sein Benehmen zu entschuldigen.

„Jetzt hilfst Du doch noch anderen Menschen und heilst sie. Ich sage danke! Wenn ich wieder aufwache, wirst Du immer noch schlafen. Auf ewig schlafen. Es hat mich gefreut, solch einen Freund gehabt zu haben, auch wenn unsere Freundschaft nur von kurzer Dauer war.", flüsterte Andre immer leiser werdend zu Jens.

Die Tür ging auf und das Geschwader kam wieder herein – diesmal ohne den Häuptling, dachte Andre. Dann erhob er sich und folgte der Schwester aus dem Zimmer. Er warf einen letzten Blick auf den Freund, den er eigentlich erst seit kurzem hatte – oder besser gesagt, nur für einen kurzem Zeitraum gehabt hatte.

In dem Flügelhemdchem lag Andre nun ebenfalls im Bett. Eine der Schwestern reichte ihm ein paar Tabletten und einen Schluck Wasser, die er noch nehmen sollte.
Mit einem Pieks setzte sie ihm eine Nadel und eine Kanüle. Nun war er bereit für die OP. Alles ging so verdammt schnell. Gedanken an die Todesspritze kamen ihm in den Kopf, als er so dar lag und zur Decke starrte. Mit einem Ruck setzte sich sein Bett in Bewegung und wurde von einem kräftig gebauten Pfleger aus dem Zimmer geschoben. Jetzt geht es wohl in die Todeszelle, sinnierte er innerlich, während er versuchte nicht mehr daran zu denken. *Jens* war das einzige, was ihm durch den Kopf ging.

Der Anästhesist setzte die Spritze an und spritze irgendetwas in die Infusion, die man ihm auf dem Weg zum OP angeschlossen hatte. Plötzlich beugte sich der Arzt über ihn und schaute ihm ins Gesicht. Andre wollte etwas sagen, doch seine Kehle schien staubtrocken. Der Arzt beugte sich tiefer an sein Ohr.

„Ich bin kein Schwulenhasser. Ich bin selbst schwul.", sagte er.

Doch anstatt große Augen zu machen, war Andre weggetreten, als habe jemand die Sicherung umgelegt.

Der Arzt blickte auf Andre, wissentlich, dass dieser sich nicht an seine Worte erinnern wird, wenn er nach der OP wieder zu sich kam und somit sein Geheimnis immer noch ein Geheimnis war.

Dann konnte die OP beginnen.

Mit einem leichten Blinzeln schlug Andre die Augen auf. Das Narkotikum hatte seinen Dienst getan und nun erwachte Andre zu neuem Leben. Er fühlte sich noch regelrecht benommen, aber das würde sicherlich noch vergehen – so hoffte er doch inständig. Eigentlich sollte er voller Freude sein, dass er eine neue zweite Chance bekam, doch anstelle von Tränen der Freude kullerten Tränen des Abschieds und der Trauer über seine Wangen. Er spürte, wie der Verlust eines geliebten Menschen ihn überkam und eine Welle der Trauer nun durch seinen Körper schwappte. Er spürte die wärmenden Sonnenstrahlen, die durch das blinde Fenster hereindrangen und seine Haut berührten. Mit jedem Strahl der Sonne kam der Lebensfunke in ihm zurück und vertrieb den Schmerz der Trauer. Und so stellte sich auch schließlich wieder ein Glücksgefühl bei Andre ein. Er war der Glückliche, der eine zweite Chance bekam. Er war der Glückliche, der Jens getroffen hatte. Er war der Glückliche, denn er konnte sein Leben nun fortsetzen oder einfach noch einmal von vorne beginnen. Das ist wahrhaftig ein Geschenk, für das man dankbar sein sollte und durchaus auch glücklich.

Etliche Tage später erhielt Andre die Nachricht, dass er das Krankenhaus verlassen durfte. Für die Folgemaßnahmen würde er noch Unterlagen für den Hausarzt bekommen. Oh je, mein Hausarzt, kam es Andre in den Sinn. Der würde nicht nur ausrasten, der würde an die Decke gehen, wenn er ihm erzählt, was in den letzten Wochen alles passiert war.

Am Tag der Entlassung aus dem Krankenhaus, kreuzten sich noch einmal die Wege des Arztes, den Andre als Schwulenhasser beschimpft hatte. Bei einem flüchtigen Blickwechsel, kam Andre ein „Entschuldigung" über die Lippen. Wissentlich, dass sich Andre an nichts erinnere, nahm er dies mit einem Lächeln entgegen und wünschte ihm alles Gute.

Andre wurde mit dem Rettungswagen nach Hause gefahren. Sein Auto musste er irgendwann und irgendwie holen beziehungsweise holen lassen. Im trauten Heim angekommen, begleitete ihn einer der Sanitäter noch ins Haus und trug seine Tasche hinter ihm her. Erschöpft schleppte er sich ins Wohnzimmer und ließ sich auf die Couch sinken. Schlagartig kam ihm die Erinnerung daran, wie das Krankhaus bei ihm angerufen hatte. Er blickte auf sein Hemd hinunter, das die Narben verbarg. Es war ein seltsames Gefühl, wenn er daran dachte, dass er nun einen Teil von Jens in sich trug. Jens. Bei diesen Gedanken kamen ihm erneut die Tränen in die Augen. Ein Teil von ihm war gestorben, ein anderer Teil lebte weiter – in ihm.

Da Andre noch im Krankenhaus lag, als Jens beerdigt wurde, so wollte doch zumindest heute noch irgendwie zum Friedhof. Andre hatte so gut es ging einige Dinge vom Krankenbett aus organisiert, was die Beisetzung anging. Er wollte, dass Jens auf dem örtlichen Friedhof beerdigt wurde, so dass er sich um sein Grab kümmern konnte. Über die Kosten der Beerdigung hatte er sich im ersten Moment gar keinen Kopf gemacht, denn was war sein Leben wert? Und so wollte Andre schnellstmöglich auf den Friedhof.

Und so stand Andre irgendwann und irgendwie vor Jens Grab und blickte auf das Holzkreuz und die Blumen hinunter.

„Du wolltest Heiler werden und hast es auch geschafft. Du hast einen kranken Menschen geheilt, doch nur zu welchem Preis. Jeden Tag, wenn ich im Garten die Erdbeeren ernte, denke ich an die schöne Zeit zurück, als wir gemeinsam die Pflanzen in die Erde gesetzt haben. Jedes Mal, wenn ich eine Erdbeere sehe oder esse oder in den Händen halte, muss ich an Dich denken. Ich habe mir mittlerweile sogar eine rote Unterhose gekauft, um mein Chakra anzukurbeln."

Beim letzten Satz kullerten Andre ein paar Tränen über die Wange und ein Anflug von Trauer legte sich über ihn. Auf der anderen Seite musste er innerlich schmunzeln. Schmunzeln über sich selbst, dass er sich tatsächlich eine rote Unterhose gekauft hatte.

Auf dem Weg vom Friedhof nach Hause kam Andre an dem kleinen und unscheinbaren Laden vorbei, der hier schon seit einigen Jahren war, aber dem er bisher noch nie wirklich Beachtung geschenkt hatte. Andre wusste, dass es hier nur Krempel zu kaufen gab, doch an diesem Tag, hatte die Besitzerin ihre Waren auch nach draußen auf den Bürgersteig geschafft, um darauf aufmerksam zu machen. Andre lief etwas langsamer an dem Haus vorbei. Auf einem der kleinen Fensterbretter lag unter anderem ein kleines schwarzes Buch. Auf dem Buchdeckel war ein Kreuz. Vergilbte Seiten. Andre schlug es auf und bemerkte eine Widmung auf den ersten Seiten:

*Meiner lieben, lieben
Schwester Julietta
in ewiger Dankbarkeit und Liebe
gewidmet*

St. Joseph, d. 1. April 1890

Er blätterte weiter und ließ die vergilbten Seiten durch seine Finger rauschen. Hier und da stoppte er und überflog die Überschriften: „Gebete am Krankenbett". Wie ein Blitz hatte er auf einmal das Zimmer des Krankenhauses vor seinem inneren Auge. Er erinnerte sich an das Kreuz, welches dort zwischen den beiden Fenstern hing.

„Wenn ich dieses Buch so betrachte, muss ich an den Tod denken, doch ich habe das Krankenbett als Lebender verlassen!", sagte er leise mit sich selbst redend. Dann legte er das Buch zurück auf den Sims und lief die Straße entlang nach Hause.

Sein neues Leben musste gefeiert werden und da alles mit einer Party angefangen hatte, so sollte nun auch alles mit einer Party weitergehen. Daher lud Andre abermals in sein Baustellenhäuschen ein. „Auf das neue Leben und Jens", lautete das Motto.

Nachdem seine Gäste nun nacheinander alle das Haus verlassen hatte, machte sich Andre auf den Weg nach oben. Mit einem „Klack" schloss sich die Badezimmertür hinter Andre. Plötzlich trat Ruhe ein. Er stützte sich auf dem Waschbeckenrand ab und schaute in den Spiegel.

„Du siehst besser aus, als beim letzten Mal!", sagte er schmunzelnd zu seinem Gegenüber. Dann machte er sich bettfertig, ging ins Schlafzimmer und kroch unter die Decke. Mit einem „Klick" ging das Licht aus und nur einen Moment später war Andre auch schon eingeschlafen.

Eine Woche später klingelte es an der Tür. Andre war froh darum, denn so konnte er das lästige Telefonat abwürgen ohne dass er lügen musste. Und kaum hatte er das schnurlose Telefon auf den Küchentisch gelegt und sich in Richtung Tür aufgemacht, da fragte er sich auch schon, ob er es bereuen würde, die Tür aufzumachen. Er stand nun bereits hinter der Eingangstür und hatte auch die Hand schon auf dem Türgriff liegen, als es erneut klingelte. Es folgte ein tiefer Atemstoß und dann öffnete er die Tür.

„Ja, bitte?", warf Andre die Frage der Person entgegen, die draußen wartete. Es war eine Frau. Schwarz gekleidet. Das Haar trug sie zu einem einfachen Pferdeschwanz zusammengebunden. Als Andre in ihre Augen blickte, so dachte er, in für ihn bekannte Augen zu blicken. Versteinert stand er unter der Tür. In diesem Momente der Stille hörte man die einzelnen Regentropfen auf den Schirm der Frau prasseln.

„Hallo. Ich bin Ines – die Schwester von Jens."

Andre brauchte kurz, um wieder zu sich selbst zu finden und er selbst zu sein. Er schluckte bevor er ein Wort aus sich herausbrachte und das Schlucken fühlte sich an, als sei er gerade in der Wüste auf der Suche nach Wasser, das er nicht fand. Seine Kehle war trocken und rau. Er wusste nicht, wie ihm geschah. Doch dann endlich kamen die richtigen Worte über seine Lippen.

„Kommen Sie doch herein.", sagte er mit einer einladenden Geste und mit einem „Klack" schloss sich die Eingangstür hinter Andre und Ines.

Aus einem Gespräch wurden Gespräche.

Aus einem Besuch wurden Besuche.

Aus Tagen wurden Monate.

Ich überlegte lange – sehr lange – ob ich es Ines sagen sollte, was genau zwischen ihrem Bruder und mir nach unser beider Rückkehr noch alles war und passiert ist. Aber schließlich ist es ein Geheimnis zwischen Jens und mir, das ich – wie Jens auch – mit ins Grab nehmen werde.

„…der schweige nun für immer!", wurden Andre´s Gedanken beendet und ein Räuspern riss ihn aus seiner Gedankenwelt und holte ihn zurück ins Hier und Jetzt und Heute. Dann blickte er seinem Gegenüber in die Augen.

„Ja, ich will!"

Über den Autor

Andreas Frey, gebürtiger Badener, lebt in Pfinztal, Landkreis Karlsruhe.

2008 entdeckte er die Schreiberei als sein neues Hobby, welche er sehr rasch intensivierte und noch im selben Jahr die ersten Früchte trug.

Mittlerweile hat der Autor bereits die Titel „Schatten über Kleinsteinbach" sowie „Dunkelheit & Licht über Kleinsteinbach" seinem Heimatort gewidmet. Mit „Akte 24/12 – The untold story about Christmas" präsentierte Andreas Frey eine moderne Weihnachts-geschichte, die eher im Fantasy-Genre beheimatet ist. In der Zwischenzeit schrieb er auch einige Kurzgeschichten, die sich in verschiedenen Anthologien wieder finden. Neben Kurzgeschichten und Büchern schreibt Andreas Frey auch Drehbücher.

Mit seinen kurzen Geschichten trat er in den letzten Jahren auch als Wortfechter bei den Wettbewerben der AUTORiKA-Wortgefechte an.

Darüber hinaus steht er hin und wieder auch vor oder hinter der Kamera und spielt seit einigen Jahren auch Theater.

Danksagung
Ich danke...
... Andre und Jens für die Inspiration zu dieser Geschichte.
... meiner Familie und meinen Freunden.
... Rita K.-R. für das interessante Gespräch.
... Katja für den tollen Rat
... allen, denen ich vergessen habe zu danken.
Danke. Danke. Danke.

Weitere Werke
Schatten über Kleinsteinbach
ISBN: 9-783837-097115

Dunkelheit & Licht über Kleinsteinbach
Fortsetzung zu „Schatten über Kleinsteinbach"
ISBN: 9-783732-246915

Akte 24/12 – The untold story about Christmas
ISBN: 9-783839-122471

Der stumme Traum
ISBN: 9-783734-737572

Anmerkung des Autors:
Namensübereinstimmungen mit lebenden oder bereits verstorbenen Personen sind rein zufällig und nicht beabsichtigt!